# 오늘도, 나는 꿈을 꾼다

푸른사상 산문선 17

# 오늘도,
# 나는 꿈을 꾼다

**최명숙** 산문집

## 작가의 말

글이 품안에만 있으면 야물어지지 못할 것 같다. 문학에 발을 들여놓은 지 꼭 20년, 첫 작품집이다. 내 꿈은 모두 늦게 이루어졌듯 이 또한 늦었다. 게으른 자의 변명인지도 모르겠다. 틈틈이 써놓은 글 가운데 선별했다. 오래 생각하고 다듬으려고 했는데, 세월만 가고 글이 더 익지도 않는다. 그래서 내놓는다. 허구가 아닌 경험을 바탕으로 한 글들이다. 간혹, 모두 드러내기 망설여지는 부분을 약간 가감한 글이 있어, 산문집이라고 이름 붙인다. 하지만 대부분 보고 듣고 느끼고 경험한 것들을 형상화한 글이다.

지금도 고향의 산과 들이 눈앞에 선하다. 내가 태어나고 자란 집과 뛰어놀던 마당이. 그리고 겨울이면 들리던 뒷산의 부엉이 울음소리도 귀에 쟁쟁하다. 산골 마을에서 순박하게 살던 그날들이 힘든 날들을 견딜 수 있게 한 언덕이었다. 정신적으로는 더할 나위 없이 풍요로웠기 때문이다. 그것은 집안 어른들이 쏟아주신 넘치는 사랑 덕분이다. 그 사랑은 내 삶의 끝자락까지 나에게 힘이 되어주리라. 글의 상당 부분이 유년 시절에 바탕을 두고 쓰인 것은 그런 이유에서다. 그래서 지극히 자기 고백적이다.

내가 베이비부머라는 걸 50대 중반에야 의식했다. 사는 게 바쁘고 지난해서 잊고 있었다. 앞만 보고 달려오느라 어디쯤에 서 있는지도 모를 지경이었다. 대부분의 베이비부머도 문화적으로나 정서적으로 비슷한 경험을 했으리라. 그렇게 힘든 날들 속에서도 꿈을 꾸고, 감성을 잃지 않은 게 대견하다. 아픈 날들은 현실을 살게 하는 원동력이 되었다. 그래서 힘들었던 날도, 울었던 날도, 부끄럽지 않다. 담담하게 그랬었다고 말할 수 있다. 이 글이 누군가 한 사람에게라도 한 줄기 따스한 빛이, 한 가닥 실낱같은 희망이 되었으면 좋겠다.

내게 바람막이가 되고 따스한 빛이 되었던 분들은, 사회적 지위가 있고 넉넉한 분들이 아니었다. 힘든 삶 가운데서도 분수에 맞게 묵묵히 본인의 삶을 살아낸 소박하면서도 강인한 어른들이었다. 지금은 진정한 어른이 요구되는 시대다. 내 삶 속에서 만난 분들이 그래서 더 그립다.

특히 늦깎이 문학도였던 시절 격려를 아끼지 않고 문학의 즐거움을 깨우쳐주신 선생님들, 푸른사상사 한봉숙 사장님과 여러분들에게 고마움을 전한다. 날마다 가벼워지는 어머니와 그림을 그려준 든든한 아들 무련, 사랑하는 딸 새미에게도.

2017년 2월

月下山房에서 최명숙

# 차례



## 제1부 움틈

## 제2부 자람

## 차례

### 제3부 아픔

## 제4부 익음

제1부

# 움틈

# 우물가 풍경

고향 마을 한가운데쯤에, 마을 사람들이 길어다 마시는 우물이 있었다. 두레박으로 샘물을 길어 올리는 그런 우물이었다. 처음에는 우물에 지붕이 없어 비가 오면 빗물이 들어갔는데, 나중에 함석으로 된 지붕을 해서 덮었다. 아마도 새마을운동이 시작되면서 그랬던 것 같다. 샘가를 둥그렇게 돌로 쌓아 올리고 겉에는 시멘트를 발라, 춤을 조금 높게 우리들의 목까지 오게 만들었다. 그때는 우물 안이 왜 그리 궁금하던지, 까치발을 하고 우물 안을 들여다보곤 했다. 호기심과 두려움이 섞인 그 설렘은 내 유년 시절의 편린이다.

1년에 한 번씩은 우물물을 모두 퍼내는, 대대적인 행사가 벌어지곤 했다. 대개가 바쁜 농사철이 지나고 한가한 때였다. 자치기와 오자미 놀이를 하던 우리들은, 누군가의 입을 통해 샘물 푼다는 소리가 들리면, 재미있게 놀던 놀이를 다 팽개치고, 쏜살같이 우물가로 달려가 구경을 했다. 이미 둥그렇게 빙 둘러선 아이들과 어른들 사이를 비집고 보면, 장정들 두엇이 쌓아올린 돌을 내디디며 우물 안으로 내려갔고, 다 내려갔다는 신호와 함께 두레박 대신, 조금 더 큰 양동이 두세 개가 내려졌다. 그렇게 어둑한 우물 안에서 퍼 올린 물이 금세 우물가 옆 미나리꽝에 흥건하게 괴었다.

우물 청소가 마을 어른들에게는 번거로운 일이겠으나, 구경거리가 딱히 없던 우리들에게는 더없이 좋은 볼거리였다. 수십 차례의 양동이가 오르락내리락하며 물을 다 퍼내면, 맨 아래에 깊이 가라앉아 있던 물건들이 나왔다. 푸릇하게 녹슨 놋숟가락 한 개, 태극 문양이 박힌 유리구슬 두어 개, 삭아버린 검은 고무줄 도막, 자치기하던 한 뼘쯤 되는 나무 막대기, 하나하나 헤집으며 어른들이 혀를 차면, 나는 예전에 빠뜨린 머리핀이 나올까 봐, 가슴이 조마조마했다. 실수로 머리핀을 빠뜨리고 얼마나 서운하고 속상했던지, 그때의 아쉬웠던 기분을 저만치 뒤로하고, 혹시라도 내 거라는 게 탄로나 어른들에게 야단맞을까 봐 겁났었다. 그러면 우물에서 나온 잡동사니의 임자에 대한 궁금증을 지그시 누르고, 슬며시 뒷걸음질을 치다가 우물가에서 빠져나왔다.

가끔씩은 커다란 붕어도 한 마리 나왔지만, 우물에서 자라는 붕어를 잡아먹어서는 안 된다는 금기 때문에, 나중에 깨끗이 청소된 우물 속에 다시 넣어주었다. 나는 그 붕어가 우물 속 용왕의 왕자가 아닐까 생각했다. 그래서 아무도 없을 때 우물가에 가서 소원을 빌기도 했다. 공부 잘하게 해달라거나, 담배 농사가 잘되어 부자가 되게 해달라거나, 엄마의 아픈 이가 낫게 해달라거나 하는. 그러다가 정말 우물 속에서 왕자가 나를 보고 있는 게 아닌가 싶어 가까스로 들여다보면, 우물 속은 깊고 어둑해 무서움증이 일어 얼른 그곳을 떠났다.

우물가에는 한쪽으로 기울어진 향나무가 있었다. 그 향나무의 꾸부정한 모습은 우리들의 할머니를 닮았다. 자그마하면서도 굽은 모습 그리고 변함없는 모습까지. 어머니를 따라 우물가에 왔다가, 김칫

거리를 씻느라 어머니의 일이 더뎌지거나, 동네 아주머니들과 이야기 장단을 하느라 어머니의 발걸음이 지체되면, 나는 향나무에 매달린 작고 동그란 푸른 열매를 따며, 심심한 마음을 달랬다. 향나무 둥치의 한쪽에는 늘 허옇게 상처가 나 있었는데, 그것은 마을 사람들이 제사 때 향을 피우기 위해 도려 갔기 때문이다.

우물가 옆으로 물 흐르는 작은 통로가 있었고, 그 아래에는 작은 미나리꽝이 있었다. 내 친구 상희네 거였다. 물이 충분했던 미나리꽝의 미나리는, 언제나 검푸르고 통통하게 잘 자랐다. 인심 좋은 친구 어머니는, 온 동네 사람들에게 한 묶음씩 미나리를 베어 주곤 했다. 어머니는 그 미나리를 삶아서 무쳐주기도 했지만, 초고추장에 생으로 무쳐서 내놓기도 했다. 돌나물김치를 할 때 미나리를 잘라 넣기도 했고. 밑동이 베어진 미나리는 며칠만 되면, 또 파릇파릇하게 새움이 돋아 금세 푸르러졌다.

어제 교외에 있는 음식점에 갔다가, 화분에서 자라고 있는 미나리를 보았다. 야들하고 파릇한 미나리는 소담했다. 친구네 미나리꽝에 있던 미나리처럼 통통하고 검푸르진 않지만. 그 미나리를 보니 고향 마을 우물가에 있던 미나리꽝이 떠오르고, 온 동네 사람들이 다 마시던 우물이 생각나고, 그 우물가에 있던 향나무도 생각나 가슴이 아릿해졌다.

우물을 덮고 있던 함석 지붕과 물을 퍼내던 삼촌들. 호기심에 반짝이는 맑은 눈동자를 하고, 우물가에 빙 둘러섰던 그리운 동무들. 이제는 대부분 세상을 떠난 그때의 마을 어른들. 상처가 났던 향나무와 검푸른 상희네 미나리꽝. 모두 그립다. 지금은 집집마다 놓인 편리한 상수도를 사용하느라, 우물은 이미 사용하지 않은 지 오래되었으리라.

그러나 고향 마을의 우물과 우물가의 풍경은 아직도 내 기억 속에서 끊임없이 재생되고 있는 그리움의 조각들이다.

# 상추쌈



두 평짜리 텃밭에서 기른 상추를 봄내 여름내 먹었다. 상추에 고기를 싸서 먹고, 그냥 상추에 밥만 싸서 먹기도 했다. 그 맛은 그 맛대로 저 맛은 저 맛대로 다 좋았다. 특히 고기 없이 상추에 밥만 싸서 먹을 때는, 상추가 가지고 있는 쌉쌀한 맛을 제대로 느낄 수 있어서 좋다. 오늘은 그 쌉싸래한 상추에 눈물과 그리움을 싸서 먹는다.

우리 할머니는 상추를 무척 좋아하셨다. 나도 할머니를 닮아 상추를 좋아한다. 상추가 싹이 나고 잎사귀 서너 개쯤 나올 무렵, 할머니는 어린 상추를 한 소쿠리씩 솎아 오셨다. 그리고 상추를 되는대로 집어 손에 한 움큼씩 올려놓고, 밥을 얹어 쌈을 싸 드셨다. 물론 나도 할머니처럼 그렇게 쌈을 싸서 먹으면, 할머니는 웃음을 터뜨리셨다.

"할머니, 왜 웃어요?"

"응, 할미랑 너랑 눈 흘기며 쌈을 싸니, 우습잖어."

쌈을 크게 싸다 보니 저절로 눈이 흘겨지는 게 우스우셨나 보다.

할머니는 내가 당신을 닮아 상추쌈을 좋아한다고 하셨다. 그 말도 맞다. 우리 어머니는 상추를 좋아하지 않으셨으니까. 동생들도 별로 좋아하지 않았고.

초등학교 6학년 때쯤이었던 것 같다. 중학교 입시 준비를 하느라 여름방학 때도 학교에서 공부를 시켰는데, 더위를 먹었는지 스트레스 때문인지 아무튼 내가 병이 나고 말았다. 입맛이 없고 식은땀이 흐르고 몸은 축축 처져 기운이 없었다. 수업을 마치고 간신히 걸어서 집으로 가니 어머니께서 저녁밥을 차리고 계셨다.

"밥 안 먹어요."

한마디 던지고 건넌방으로 들어가 널브러졌다. 까무룩 선잠이 들었는데 할머니께서 나를 깨우셨다.

"아가, 상추쌈이랑 밥 먹자. 할미가 상추 씻어놨어. 어여."

할머니는 귀찮아하는 나를 자꾸만 지근거리며 깨우셨다. 상추쌈이라는 말에 마음이 동요돼 일어나 마루로 나갔다. 할머니 말씀처럼 상추가 한 소쿠리 놓여 있었다.

"할머니께서 너 때문에 상추를 뒷집에서 얻어 오셨다. 손녀가 뭔지, 원."

어머니가 싱긋 웃으며 말씀하셨다. 여름 장마에 우리 상추는 다 녹아버려 먹을 수가 없었다. 그런데 뒷집에서는 시기를 잘 맞추어 다시 뿌렸는지 상추가 소담하더란다. 그것을 보고 할머니가 이웃집 할머니께 좀 달라고 하셨단다. 손녀딸이 요즘 공부하느라고 병이 났는데 상추를 좋아하니 먹여보고 싶다고. 전부터 큰손녀가 당신을 닮아 상추를 좋아한다고 늘 말씀을 하셨는지라, 뒷집 할머니는 두말도 않고 한소쿠리 솎아 주셨다는 것이다.

미적거리며 밥상머리에 앉은 나에게 할머니는 상추를 크게 한 쌈 싸서 주셨다. 어여 먹어보라고, 먹고 기운을 차리라고 눈짓으로 말하며. 나는 할머니께서 싸주시는 쌈을 아 벌리고 받아먹었다. 쌉싸래하면서도 풋풋한 상추. 우적거리며 상추쌈을 먹는 나를 다행스럽게 쳐다보시던 할머니의 눈길. 때마침 건너편 산에서 불어오던 나무와 풀 내음을 실은 시원한 바람. 그날 저녁 할머니께서 얻어 온 상추쌈을 먹고 나는 병이 씻은 듯이 나았다.

결혼 후에도 할머니는 내가 친정에 온다는 소리를 들으면 텃밭으로 먼저 가셨다고 한다. 줄 게 없으니 좋아하는 상추라도 먹인다고 말이다. 심어놓은 상추가 자라면 이렇게 상추가 좋은데 큰애한테 전화해보라고, 어머니를 채근하셨단다. 그렇게 나를 사랑하고 예뻐해주셨던 할머니는 돌아가시기 두 달 전에도, 울타리 밑에 심어 올린 강낭콩을 따 일일이 까서 보관했다가 주셨다. 바쁜데 힘들다고 마늘도 까서 찧어놓았다가 주셨던 할머니. 할머니께서 돌아가신 후 할머니의 손이 닿은 강낭콩과 찧은 마늘을 보고, 얼마나 통곡을 하며 울었는지 모른다. 할머니에 대한 그리움 때문에.

이제 할머니께서 돌아가신 지 17년이 되었다. 그래도 내 귀에는 할머니의 목소리가 여전하게 들리는 듯하다. 상추쌈을 싸서 건네주시던 거무스레하면서도 힘줄이 툭툭 불거진 손, 깊게 주름진 얼굴과 흰 머리카락 그리고 뼈만 앙상하던 다리도 눈에 선하다. 내가 친정에 가면 집 앞에 나와서 기다리고, 떠나올 때면 보이지 않을 때까지 손을 흔들고 계시던 우리 할머니. 갈 때마다 조금씩 드렸던 용돈을 쓰지 않았다가 도로 내 아들에게 주셨던 할머니. 새미를 하도 예뻐하시기에 그렇게 예쁘냐고 물었더니, 그래도 네가 더 예쁘다며 내 얼굴을 쓰다듬던 우리 할머니.

그립다, 그리고 무척 보고 싶다, 그날들과 할머니가. 사무치게 그리워 눈물이 흐른다. 오늘은 상추쌈에 눈물과 그리움을 싸서 먹는다. 그토록 맛있던 상추 맛을 오늘은 전혀 느끼지 못하겠다.

# 어머니의 눈물

노란 은행잎이 시나브로 떨어진다. 창가에 서서 무념하게 그것을 쳐다본다. 떨어지는 은행잎은 나무가 흘리는 눈물 같다.

뚝,

뚜욱,

뚝 뚝 뚝.

어렵사리 중학교를 마친 나는 고등학교에 진학하지 못했다. 그것은 가난한 살림 때문이었다. 더구나 바로 아래에 남동생이 있었으니 딸보다는 아들을 가르쳐야 했으리라. 사실 당시의 우리 형편에 중학교를 졸업한 것도 감지덕지였다. 어머니는 없는 살림에 계집애 공부까지 시킨다고 동네 아주머니들로부터 핀잔을 여러 번 들으셨단다. 그런 것을 알 정도로 나는 성숙하지 못했고 공부하고 싶은 열망만 가득했다. 첫 좌절의 쓰라림을 그때 맛보았다.

지금은 충분히 이해를 하고도 남지만 그 당시에 나는 진학을 시켜주지 못하는 어머니를 원망했다. 그것도 아주 심하게. 한동안 집 안에서 두문불출하며 이불을 둘러쓴 채 울었고, 어머니에 대한 원망으로 부글거리는 가슴을 억누르며, 심한 절망감에 가난한 집안과 마음대로 되지 않는 세상을 원망했다. 그러한 감정의 표출은 어머니와 말을 하지 않는 것으로 나타났다. 몇 날 며칠을 어머니의 물음에 대답을 하지 않았고, 어머니에게 말을 붙이지도 않았다.

입학철이 끝나고도 무심하게 깊어가는 봄은 나른하고도 권태로웠다. 아직 아무런 일을 할 수 없는 나에게는 더더욱. 심한 상실감 속에서 맞는 한껏 따사로워진 봄볕은 차라리 모멸스럽도록 싫었다. 살갗에 부딪치는 봄바람도 나에게는 선득선득했다. 그런 밤이면 나는 이불 속에서 오래오래 숨죽여 울었다. 나의 삶이 다 끝나버린 것 같았고 나갈 길이 보이지 않아 암울하기만 했다. 그렇게 울고 있을 때 들려오는 깊은 밤의 소쩍새 소리는, 울음의 끝을 모르도록 더 길고 슬프게 했다.

그러다 잠이 들었나 보다. 얼굴에 떨어지는 차가운 느낌 때문에 잠에서 깨어났다. 가늘게 흐느끼는 울음소리와 함께 내 얼굴에 눈물이 떨어지고 있었다. 어머니의 눈물이. 미안하다, 이 엄마가 못나서 미안하다. 어머니는 내 머리를 가만가만 쓰다듬으며 울고 있었다. 그것도 아주 가늘게 흐느끼면서. 못나서 미안하다는 어머니의 말에, 참을 수 없어서 이불이 들썩거릴 정도로 심호흡을 했다. 가슴이 먹먹해지고 콧등이 싸해졌다. 그래도 눈을 뜰 수가 없었고 움직일 수도 없었다. 어머니의 애절한 흐느낌이 좁은 방 안에 가득했기 때문이다.

여닫이문의 하얀 창호지를 뚫고 들어오는 하현달의 뿌연 빛, 소쩍새의 구슬프고도 애절한 울음소리, 마실을 다녀온 어머니의 찬 손길, 내 얼굴에 떨어지는 눈물, 곤히 잠자고 있는 동생들의 숨소리, 봄밤은 애잔한 마음과 함께 깊어갔다.

핑 돌던 내 눈물도 함께 흘러내렸다. 어머니의 눈물과 내 눈물이 내 볼을 타고 그렇게 흘러내렸다. 진학을 시켜주지 않은 어머니를 그날 나는 완전히 이해했다. 그리고 다시는 고등학교 이야기를 꺼내지 않았다. 진학 문제는 내 스스로 해결하리라 결심했다. 그날 이후로 어머니에게 가졌던 섭섭하고 원망스러운 마음이 싹 가셨다.

공부하고 싶어 하는 딸을 진학시킬 수 없던 어머니의 마음은 나보다 더 아팠을 텐데, 당시에는 동생들 때문에 안 보내준다고 오해했다. 무슨 방법을 써서라도 보낼 수 있는데 어머니의 의지가 없다고 생각했다. 어쩌면 공부하고 싶었던 마음이 무척 커서 집안 사정을 헤아리지 못했을 수도 있다. 그럴 만한 소견이 되지 못했을 수도 있고. 아무튼 그날 이후로 고등학교에 보내주지 못한 어머니를 원망하지는 않았다.

그 후 어머니의 눈물을 본 적이 없다. 혼자서는 많이 우셨을지 모르나 내 앞에서 눈물을 보인 적은 없다. 아무리 속상한 일이 있어도 울지 않으셨다. 이마를 허리끈으로 질끈 묶고 자리에 누워 앓기는 했어도 울지는 않으셨다.

하나둘 떨어지는 은행잎에서 그날 내 얼굴에 떨어지던 어머니의 눈물을 보았다.

# 외가에 가던 날

나의 외가, 그곳에는 작달막한 키에 우리를 볼 때마다 눈물을 그렁거리던 외할머니가 계셨다. 어릴 적에 나는 방학의 대부분을 그곳에서 보내곤 했다. 외가는, 독립기념관이 있는 목천에서도 두 시간을 더 들어가는 북면 '안고시'라는 산골 마을이었다. 사방이 산으로 둘러싸인 그야말로 하늘 아래 첫 동네 산골 마을로 20여 호 정도 되었다.

마을 건너 '안산' 아래에는 옻샘이 있었다. 푸른 이끼가 덮인 바위와 그 둘레에 피어 있던 달개비와 여뀌 등의 들꽃, 아릿한 내음이 나던 잡초들과 바위 틈새에서 샘물이 솟아났다. 산과 들을 뛰어다니며 놀다 목이 마르면 샘 옆에 서 있던 감나무 잎사귀를 하나 따서 세모꼴로 접었다. 그리고 살그머니 옻샘의 물을 떠서 마셨다. 그 시원하고 달콤한 샘물 위에는 소금쟁이가 두어 마리 떠 있기도 했다. 또 친구들과 멱 감고 놀던 냇가의 덤불 속에서 수줍은 듯 피어 있던 연분홍의 메꽃은 지금도 가끔 내게 손짓하는 듯하다.

외갓집 동네는 유별나게 돌담집이 많았다. 외할머니 댁도 예외가 아니었다. 크고 작은 돌멩이로 둘러싸인 담, 그 아래 타는 듯이 피어 있는 빨간 칸나와 소담한 달리아는, 돌담과 어울려 산골의 정취를 더해주었다. 칸나와 달리아는 어머니가 어릴 때부터 있던 것이라고 했다. 어머니는 외가에 가기만 하면, 뒤뜰의 화단 앞에 오래도록 서 계시곤 했다. 이모와 도란도란 이야기를 나누기도 했고.

흙집에 돌담으로 둘러쳐진 울타리에는 아름드리 감나무가 세 그루나 있었고, 흙물을 바른 벽과 뜨락의 황톳빛은 아침 햇살에 반짝반짝 빛이 나곤 했다. 소나무를 켜서 만든 마루에서는 소나무 향이 은은하게 풍겨나고, 쪽문을 열면 맞바람이 쳐서 더운 여름에도 소름이 오르르 돋았다. 마루 한쪽에 놓인 다듬잇돌과 방망이를 꺼내 외할머니와 이모는 풀 먹인 이불 홑청을 고르고, 마루 한쪽에 엎드려 방학 숙제를 하던 나는 고른 다듬이 소리와 은은한 소나무 향기에 취해 잠이 들곤 했다. 지금도 내 기억의 창고에서 재생되는 다듬이 소리와 솔 향.

외가의 작은 골방에는 외할아버지와 외삼촌들이 읽던 고서와 잡지 그리고 문학전집류들이 들어차 있었다. 나는 때때로 그 방에 틀어박혀 책 읽기에 몰두하곤 했는데, 그곳은 조금 음습하고 어둑했으며, 쥐 오줌 자국이 벽과 천장에 나 있었다. 가끔씩 벽지 안에서 흙이 오스스 떨어지는 소리가 났고 쥐 오줌 냄새가 누런 책장을 넘길 때마다 풀풀 나기도 했다. 그때 손에 잡히는 대로 읽었던 문학작품들은 나를 책 읽기 좋아하는 아이로 만들었고, 그 후에 문학에 열정을 품게 한 것 같다.

우리가 외가에 가던 날은 스무 살을 갓 넘긴 이모가 어떻게 알았는지 동구 밖까지 뛰어오곤 했다. 손수건으로 질끈 묶은 검고 긴 이모의 묶음머리가 이리저리 흔들렸다. 그렇게 뛰어온 이모는 나를 꼭 끌어안아주었다. 그리고 언제나 그러하듯이 어머니 등에 업힌 막내를 받아 업었다.

"언니, 오우?"

이모의 목소리는 벌써 물기가 촉촉이 배어 있었다. 세 아이를 낳고 홀로 된 어머니와 우리를 볼 때마다 그랬다.

"얘, 난 너 이러는 거 보면 친정에 오고 싶은 맘이 없어져. 웬 청승이니?"

어머니는 애써 이모를 나무랐지만 그 목소리도 예사 목소리가 아니었다. 그럴 때면 신나기만 하던 내 기분도 울적해지곤 했다.

우리가 왔다는 소식을 듣고 밭에서 일하다 뛰어오신 외할머니는, 땀내가 풀풀 나는 젖은 가슴에 우리를 숨이 막히도록 끌어안아주셨다. 그때 외할머니의 젖은 가슴에서 나던 달착지근하고 시큼한 땀 냄새, 나를 바라보시던 눈물이 그렁그렁한 주름진 눈.

"에이그, 불쌍한 것……."

목멘 소리를 하는 외할머니를 외면하며 묵묵히 하염없이 앞산을 바라보던 어머니. 철없는 동생들은 할머니의 품에서 벗어나려고 바동거렸지만, 나는 눈물 그렁그렁한 외할머니의 눈을 차마 쳐다보지 못하고, 고개를 깊이 떨구곤 했다. 외가에 갔던 날은 언제나 그랬다.

저녁밥상 앞에서 외할머니는 언제나 우리들의 밥그릇에 밥을 수북하게 담도록 외숙모를 채근했다. 많이 먹어라, 많이 먹어 하시며 외할머니는 밥을 제대로 드시지 못하고 우리들의 입만 쳐다보셨다. 그리고 미처 먹지 않은 내 밥그릇에 할머니의 밥을 자꾸 덜어주시면, 나는 왜 그런지 옆에 앉은 외사촌들의 눈치를 보았다. 외삼촌의 따뜻한 눈길과 이모의 다정한 손길을 느끼며, 나와 동생들은 맛있게 밥을 먹었다.

밤이면 마당에 쑥 대궁으로 놓은 모깃불의 매캐하고 향긋한 내음이 피어 오르고, 마침 하늘에는 별들이 다투어 돋아나곤 했다. 그 마당 한가운데 펼쳐놓은 짚 멍석에 누워, 미소가 예뻤던 이모가 들려주는 옛날이야기를 들었다. 그것은 별과 정령들의 이야기였으며, 전설과 신화 등의 이야기였다. 사부작사부작 부쳐대는 외할머니의 죽선 바람에 나는 어느새 살풋 잠이 들었다. 그러다 다시 눈을 뜨면 별들은 빼곡히 밤하늘에 들어 차 졸린 눈과 얼굴로 쏟아졌다. 어머니와 외할머니의 이야기는 자장가처럼 계속되었고, 가끔씩 유성이 꼬리를 길게 늘어뜨리며 떨어지고, 반딧불이 휘익, 지나갔다.

외가에 가던 첫날밤은 외할머니와 어머니의 이야기 소리로 잠 못 이루는 때가 많았다. 어렴풋이 잠이 들었다가도 두런거리는 소리에 깨면, 여전히 두 분의 이야기가 계속되었다. 이야기 소리에 섞여 들리던 가느다랗게 훌쩍거리던 어머니의 울음소리, 위무해주는 외할머니의 다정하고 안타까운 목소리, 간간이 섞인 두 분의 한숨 소리, 짧은 여름밤을 하얗게 지새운 외할머니와 어머니의 눈이, 아침에 보면 퉁퉁 부어 있었다.

이제 외할머니가 돌아가신 지 40년이 지났고 그곳에 외가 친척들은 아무도 살지 않는다. 지나는 길에 한 번 들러봤더니 외가가 있던 자리에는 집터와 돌무더기만 남아 있었다. 옻샘이 있던 안산은 여전하건만. 눈가에 촉촉하게 이슬이 맺히는 것은 바람 때문만은 아니리라. 지속될 것 같았던 날들이, 멈추는 날이 있고 변하는 날이 있는 게 삶의 여정이라고는 해도, 가슴이 서늘해지는 느낌을 어떡해야 하나. 그래서 순간, 순간에 의미를 두고 소중하게 생각해야 하는 것일까.

# 산딸기

세곡동으로 이사한 후 좋은 것 중의 하나가 대모산이 우리 집 뒷산이라는 것이다. 고향의 뒷산처럼 나지막하지 않고 조금 가파르기는 하다. 그러나 아침 까치 소리, 봄밤에 들리는 소쩍새 울음소리를 듣고, 산바람 타고 내려오는 산 향기를 맡으면, 고향의 뒷산에 와 있는 듯한 환상과 정감을 느끼곤 한다. 더구나 요즘엔 산 초입 둔덕에 산딸기가 지천이다.

늦봄 연보랏빛의 산딸기 꽃이 필 때부터 기대하고 있었다. 초여름이 되면 빨갛게 익은 새콤달콤한 산딸기를 입에 넣어보리라는. 그리고 산에 오를 때마다 슬쩍슬쩍 산딸기가 익어가는 것을 미소를 지으며 보았다. 대모산에 오르는 마을 뒷산의 오솔길은 다니는 사람이 별로 없어 칡넝쿨이 조붓한 오솔길을 덮었고, 땅싸리꽃과 개망초꽃이 익어가는 산딸기와 어우러져 있다. 그럴 때마다 비밀의 정원에라도 온 냥 마음이 설레고 벅차 오르기까지 했다.

어제였다. 바쁜 일 때문에 며칠 산에 오르지 못하다가 아무래도 산딸기가 궁금하여 산 입구 둔덕으로 들어섰다. 더 왕성해진 칡넝쿨은 오솔길을 완전히 덮었고, 하얀 개망초꽃과 노란 금계국이 현란한 꽃동산을 만들고 있었다. 간간히 피어 있는 보라색 땅싸리꽃과 어느 바람에 실려 날아와 남몰래 꽃을 피웠는지 코스모스도 몇 송이 피어 있었다. 산자락 아래 고속도로를 달리는 차량의 소음도 들리지 않는 것 같다. 자연에 취한 내게는 소음도 소음이 아닌 것이었다. 들꽃에 취해 노래까지 흥얼거리며 산딸기가 있는 둔덕에 들어선 나는 그만 우와! 탄성을 지르고 말았다. 짙은 녹색의 잎사귀와 나무들 그리고 들풀들 틈새에서 빨갛게 익은 산딸기를 발견했기에.

가슴을 설레며 다가가 손을 뻗어 가지를 잡고 산딸기를 땄다. 얼른 하나를 입에 넣었다. 새콤하고 달콤하고 향기로웠다. 하늘을 담고, 햇살을 담고, 땅의 기운을 담고 있는 맛이라고 할 수 있을까. 마음이 급해 또 손을 뻗어 땄다. 금세 한 움큼이 되었다. 그 한 움큼을 입에 넣자 산딸기 과육의 향과 오도독 씹히는 씨앗이 단물과 함께 입안에 가득 찬다. 단물을 삼키는데 불쑥 가슴이 뭉클해지며 눈물이 핑 돌았다. 산딸기 맛 속에서 할머니를 떠올렸기 때문이다.

할머니, 산딸기 맛 속에서 나의 어린 시절과 할머니를 떠올린 것은 당연하다. 동악산 자락에 있는 콩밭이나 고구마밭을 매던 할머니께 드릴 새참을 들고 가면, 할머니는 콩잎이나 뽕잎에 빨간 산딸기나 검붉은 오디를 따서 나무 그늘에 놓았다 주시곤 했다. 할머니는 내가 갖고 간 새참을 드시고, 나는 할머니가 따놓은 달콤한 산딸기나 오디를 먹었다. 할머니 이마에 흐르던 땀방울과 호미 들었던 힘줄이 푸르게 드러난 거친 손, 흙빛이 다된 누런 할머니의 적삼, 내가 요기를 할 만큼 꼭 남겨주시던 국수나 보리밥, 산딸기를 다 먹고도 할머니가 남긴 새참을 달게 먹던 그때, 그날들이 영원할 줄만 알았는데…….

산딸기가 넘어가지 않고 입안에서 겉돌며 목이 메었다. 그리움을 삼키는데 눈물인지 땀방울인지 투두둑 떨어졌다. 나도 모르게 할머니를 몇 번 불렀다. 눈물이 쏟아졌다. 지나가는 사람이 아무도 없어서 그나마 다행이었다. 눈물을 보고 나뭇잎이 내 마음을 읽었나 보다. 아니, 바람이 알았나 보다. 바람이 휘익 불면서 나뭇잎이 흔들렸다. 하늘에 계신 할머니가 고개를 끄덕이셨을까. 올려다본 하늘은 구름으로 뒤덮여 있었다. 아무래도 비가 올 듯하여 산에 부지런히 오르기 시작했다.

대모산 정상에 오르는 동안 몇 번이나 할머니를 불렀는지 모른다. 내 생애에 가장 슬픈 일이 일어났던 지난해였기 때문에 할머니를 많이 잊고 있었다. 그런데 산딸기 덕분에 할머니에 대한 소중한 기억들이 오롯이 되살아났다. 콩꼬투리 안의 콩알처럼 할머니와 어머니 그리고 동생들과 지내던 어린 시절, 생활은 어려웠으나 마음은 풍요로웠던 날이었다. 할머니 전용 안방 다락은 요술 창고 같아, 조르기만 하면 눈깔사탕이나 곶감 등이 나오곤 했는데…….

정상에 올라갔다가 내려오면서 남겨두었던 산딸기를 한 움큼 땄다. 산딸기를 따고 있는데 젊은 사람 둘이 지나갔다. 무엇하느냐고 묻기에 산딸기 딴다며 먹어보라고 건넸다. 두 사람 다 에구 떫은데요, 씨뿐이에요, 라고 하면서 퉷 뱉는다. 그러면서도 기분은 좋은 모양이다. 그들은 효소 담그면 좋겠단다. 웃음이 나온다. 음식은 맛으로도 먹지만 추억으로도 먹는 법이랍니다, 라고 하니 많이 따라며 그냥 내려갔다.

잎새 뒤에 숨어숨어 익은 산딸기

지나가던 나그네가 보았습니다
딸까말까 망설이다 그냥 갑니다

어린 시절 불렀던 동요까지 흥얼거리며 산딸기를 따, 두 손에 한 움큼씩 들고 산에서 내려왔다. 소중한 추억까지 함께 딴 것 같아 마음이 뿌듯하고 가슴이 벅차왔다. 할머니에 대한 그리움에 눈물을 흘리기는 했어도 가슴이 후련했다. 그리운 사람을 마음껏 그리워하는 것도 눈물 못지않게 마음을 정화시키는 것 같다.

다음 날 아침 식탁에 산딸기를 한 접시 올려놓았다. 두 아이가 입에 넣고 오도독오도독 소리를 내며 먹었다. 맛있게 먹는 모습을 보며 할머니 이야기를 들려주었다. 음식은 소중한 추억과 함께 먹는 것 같다는 이야기도 했다. 두 아이가 고개를 끄덕거렸다. 그러면서 한마디 한다. 새콤달콤하면서 맛있네요, 라고. 두 아이는 내 입맛을 닮았나 보다. 아니, 어쩌면 어미의 그립고 소중한 추억을 이해했을지도…….

# 소쩍새 울던 봄에

작년까지만 해도 밤이면 소쩍새 울음소리를 들었다. 도시의 밤공기를 뚫고 들리는 그 소쩍새 소리를, 처음에는 믿지 못해서 이상스럽게만 여겼다. 건너편 산에서 들리는 것이라고, 저녁에 늦게 퇴근할 때 공원길로 오면서 자주 들었노라고, 남편이 말하기까지 나는 환청이 아닐까 생각했다.

소쩍새 울음소리를 들으면 불쑥 생각나는 친구 선이가 있다. 나와 한마을에 살았던 선이는 세 살에 어머니를 여의고, 새어머니와 오빠 밑에서 유년 시절을 보냈다. 학교가 파하고 함께 집으로 돌아올 때면, 숨 가쁘게 내 뒤를 따라오곤 했다. 나는 왜 그렇게 숨 가빠하는지, 그때는 몰랐다. 가끔 걸음을 늦추어 걸으며 이야기를 주고받다 보면, 선이는 어느새 다시 또 저만큼 뒤처져 있었다.

초등학교만 간신히 졸업한 선이는, 내가 중학교에 들어가던 해 여름, 인천에 있는 친척집으로 남의집살이를 하러 떠났다. 떠나기 며칠 전, 냇가에서 함께 빨래를 하면서 선이가 말했다.

"너는 공부 많이 해서 성공하고, 나는 돈 많이 벌어서 성공하자."

교복을 빠는 내 손에 잠시 눈길을 두던 선이는 싱긋 웃었다. 미안한 생각이 들었던 나는 물에 젖은 교복을 얼른 빨아 함지에 담고, 개울 건너편에 피어 있는 연분홍의 메꽃을 가리켰다.

"곱지? 꼭 나팔꽃 같아."

우리는 개울가에 있는 토끼풀꽃으로 팔찌를 만들어 서로 채워주었다. 그때 우리는 열네 살밖에 안 된 솜털 보송보송한 소녀들이었다. 남의집살이가 어떤 것인지 제대로 알고나 있었을까.

인천으로 떠났던 선이가 집으로 돌아온 것은 2년쯤 후인 겨울이었다. 시퍼렇게 변한 피부에 퉁퉁 부은 얼굴을 하고 있었다. 화롯불을 쬐며 선이는 자기 손과 내 손을 비교해보더니, 자기 손을 꾹꾹 눌렀다.

"이것 봐, 꼭 삼립호빵 같지? 푹 들어가잖아."

찐빵처럼 부풀어 오른 손등을 누른지 한참이 지나도 푹 들어간 채였다. 선이는 남의집살이하던 때의 이야기를 해주었다.

"병원에 가야잖아. 왜 이렇게만 있니?"

내 말에 선이는 대수롭지 않게 말했다.

"누가 나를 병원에 데려가겠어. 죽는 게 낫지."

잡았던 내 손을 놓고 화롯불을 인두로 다독거리며 가쁜 숨을 내쉬었다. 여닫이문에 단 문풍지가 겨울바람에 울음소리를 크게 냈다. 나는 딱히 할 말을 잊은 채, 선이의 말갛고도 퉁퉁 부은 손을 멀거니 쳐다볼 뿐이었다.

"뭐 먹고 싶은 거 없어?"

간신히 입을 열어 선이에게 물었다.

"배가 먹고 싶어. 잡채도 먹고 싶구."

다음 날, 마침 마을에 잔치하는 집이 있었다. 나는 그런 곳을 기웃거리거나 선뜻 들어가 먹지 못할 정도로 소심했다. 그래도 쭈뼛거리며 들어가 선이가 먹고 싶어 한다며 음식을 얻었다. 누런 쟁반에 한 상 차려주던 마을 아주머니는, 얼마 살지 못할 텐데 쯧쯧…… 혀를 차며 음식을 듬뿍듬뿍 담았다. 선이는 정작 그 음식을 많이 먹지 못했다. 조금씩 맛만 보고 나에게 자꾸 밀어주었다.

"왜 그래? 잡채가 맛이 없어?"

"아니, 많이 못 먹어. 근데 너 배짱 늘었다. 어떻게 이런 걸 다 얻어 왔어?"

우리는 잡채를 먹으며 모처럼 밝게 웃었다. 웃는 선이의 눈이 부은 얼굴에 가려서 보이지 않았다.

다음해 봄 소쩍새가 유난스레 울던 밤이었다. 마실을 다녀오신 어머니가 한숨을 내쉬었다. 선이가 오늘밤을 못 넘길 것 같다는 것이었다. 내가 놀라서 물었다.

"왜, 엄마. 엊그제 봤을 때도 괜찮던데요."

"병세가 이제는 깊었더라. 지금 동네 사람들이 다 한 번씩 보고 왔어."

"그럼 저도 가봐야겠어요."

자리에서 일어나는 나를 어머니가 극구 붙잡아 앉혔다. 안 된다는 거다. 사람 마지막 가는 걸 어린애는 보는 게 아니란다. 내 친군데 왜 안 되냐며 울었지만, 어머니는 절대로 안 된다며 막았다. 나중에 눈에 밟혀서 어쩌려고 그러냐며, 화까지 내셨다.

소쩍새 소리가 잠시 멈추었다. 동네 어른들의 두런거리는 소리가 괭이와 삽 끄는 소리와 함께 들렸다.

"에그, 이제 간 모양이다. 가엾은 것!"

눈물을 찍어내는 어머니의 품에서 나는 오래도록 소리 내어 울었다. 선이의 이름을 부르면서 말이다. 소쩍새의 애절한 울음소리가 깊어가는 봄 밤하늘에 퍼져나갔다.

그해 봄 내내 산나물을 캐러 갔다가도 새로 흙을 판 흔적이 보이면, 나는 선이의 무덤이 아닌가 하여 유심히 살펴보았다. 어머니나 동네 어른들에게 물어보았지만, 알아서 뭣하냐며 꾸중만 하고 알려주지 않으셨다. 아직도 선이의 무덤이 어디에 있는지 알지 못한다. 그러나 소쩍새 울음소리 들리는 봄이면 생각난다. 나에게는 공부 많이 해서 성공하고, 자기는 돈 많이 벌어서 성공하자던 선이가.

# 엄마! 보리가 쑥 나왔어

남한산성으로 등산을 갔다가 북문 쪽으로 내려오다 보니, 화단이 있던 자리에 보리가 패고 있었다. 척박한 땅이어서 그럴까, 조금은 비루하게 보였다. 보리 이삭마저도 작고 약했다. 내 고향 들녘에도 저렇듯 보리가 패고 있을까.

어릴 적 이맘때, 동생과 함께 냇가에서 다슬기를 잡다가 물에서 나와, 토끼풀꽃이 하얗고 앙증맞게 피어나는 개울 옆 들판에 앉아 보면, 건너편 들판의 검푸른 보리밭에는 보리가 패곤 했다. 물총새 한 마리가 개울물 속에 부리를 대고, 종달새는 경쾌한 소리를 내며 머리 위를 지나갔었다. 아까시나무 꽃망울이 부풀어 터지고 그 향기가 바람에 솔솔 풍겨오면, 보리밭의 푸른 물결은 더 크게 넘실거렸다. 토끼풀꽃을 따서 목걸이를 만들고 팔찌를 만들어 채워주며, 동생과 나는 까르르 까르르 웃었다. 그럴 때도 나는 목을 쑥 내밀고 올라온 보리 이삭에 눈길이 가곤 했다.

엄마! 보리가 쑥 나왔어. 다섯 살짜리 내가 엄마에게 했던 말이란다. 아버지가 돌아가시던 해 봄이었다. 어머니는 다섯 살짜리 나를 데리고 마을 뒷산으로 올라갔다. 그 무서운 보릿고개를 넘기 위해 산나물을 캐러. 셋째인 여동생이 어머니 뱃속에서 태동을 시작했고, 세 살배기 남동생은 배고프다고 보챘지만 쌀독에 쌀이 없었단다. 아버지가 몇 년째 병중에 있었으니 어머니는 나물죽이라도 끓여 허기를 달랠 요량이었다. 산에 올라 나물을 캐다 보니, 어머니는 참으로 한심한 생각이 들어 옆에서 흙장난을 하는 나에게 말했단다.

"니 아버지는 저렇게 아프고 먹을 건 없으니 어떻게 살겠니. 우리 그만 죽어버리자."

다섯 살짜리 철부지 딸에게 그 말을 건네놓고 어머니는 훌쩍거리며 울었다. 그때 내가 주먹을 높이 들며 말했단다.

"엄마! 보리가 쑥 나왔어."

어머니가 어린 나의 그 말을 듣고, 산 위에서 저 아래 들녘을 내려다보니 정말 보리가 패고 있었다고 한다. 그것을 보고 어머니는 다시 삶의 의욕을 찾으셨단다.

보리 이삭, 비록 비루하게 작고 약한 이삭이지만 그 보리 이삭을 남한산성 아래에서 보는 순간, 어머니가 해주신 이야기 그리고 동생과 함께했던 추억들을 떠올렸다. 다섯 살짜리 어린아이에게 보리 이삭은 생명이었고, 그 어린 딸의 말이 어머니에게는 희망이었으리라.

이제 먹는 문제만큼은 그다지 걱정되지 않는 시대에 살고 있다. 그런데도 나는 음식을 잘 버리지 못한다. 심지어 먹다 남아 약간 쉰밥도 버리지 못한다. 쉰밥을 물에 여러 번 헹군 다음에 푹푹 끓여 먹는 나를 보고, 새미는 기겁을 해서 야단이다. 그러다가 식중독 걸리거나 배탈이 난다고 말이다. 나는 너희들 안 주고 나 혼자 다 먹을 테니 걱정 말라고 하지만, 새미는 별걸 가지고 궁상을 다 떤다며 쏟아버리라고 성화다. 배고팠던 시절을 보내지 않은 새미가 이런 내 행동을 이해할 리 없다.

초등학교 시절 나도 자주 도시락을 싸 가지 못했다. 주린 배를 학교 운동장 한쪽에 있는 두레박 샘에서 물로 채울 때, 부시도록 맑은 햇살이 왜 그리 공연히 야속하던가. 하굣길 언덕 위에 하얗게 무더기로 피어나던 조팝꽃이 왜 그리 무심하던가. 유년 시절의 봄은 배고픔과 함께 오고 갔던 것 같다. 보리가 패고 이삭이 여물어 보리밥을 지어 먹을 때까지 그 시절을 함께 살아온 이들 대부분이 겪은 굶주림이었다. 심지어는 뚝새풀 씨를 체로 훑어 볶아 먹기까지 했으니…….

그 시절을 건너온 사람들 대부분이 어떤 역경에도 강인하게 살 수 있는 건, 보릿고개를 경험했기 때문이리라. 샘물로 허기진 배를 채우고 허리가 꺾일 정도의 굶주림을 겪었기 때문에, 또 봄바람에 고개를 쑥 내밀고 패는 보리 이삭에 삶의 희망을 가졌던 기억 때문에, 현실의 삶이 아무리 고단하고 힘들어도 좌절하지 않고 일어서는 것 같다. 아무리 삶이 힘들다 해도 배고픈 설움보다는 못하니까.

하산길에서 보리 이삭을 보며 옛날 생각과 현재의 삶을 돌아보았다. 나의 삶을 옆에서 지켜본 사람들이 나에게 어찌 그런 상황에서도 웃을 수 있느냐고 한다. 그냥 하는 말이 아니라 힘들긴 해도 옛날 그 가난했던 시절보다는 훨씬 낫다. 그리고 사람마다 다 어려움이 있고 문제가 있는 게 우리 인생인데, 내가 남들보다 더 힘들다고 말할 수 있는 건 아니라고 생각한다. 우리의 인생은 모두 바람에 흔들리며 눈비에 젖으며 피는 꽃처럼, 그렇게 역경과 고난을 거치며 걸어가게 되는 것이니까 말이다.

도종환 시인의 시 「흔들리며 피는 꽃」을 읊조리며 산에서 내려왔다. 보리 이삭이 바람에 흔들리고 있었다.

# 아버지와 전봇대

친정아버지의 기일이 돌아와, 온 식구가 같이 참석하기로 했다. 하루 종일 강의를 하고 지칠 만도 한데 저녁이 되니 오히려 더 생생해졌다. 아이들이 성인이 되니 네 식구가 시간을 맞춘다는 게 쉽지 않은 게 요즘 생활이다.

광주 즈음 지나다 보니 벌써 어둠이 몰려온다. 라이트를 켜고 조심스럽게 운전을 했다. 아이들과 남편은 노래를 부르고 장난을 치며 웃음을 터뜨린다. 9년 전에 뇌졸중으로 쓰러진 남편은 지적 수준이 세 살 정도의 어린애가 되었다. 왼쪽 편마비를 동반하여 보행 역시 자유롭지 못하다. 남편의 발병으로 우리 가족들의 고통은 상상을 초월할 만큼 컸다. 경제적으로, 육체적으로, 심적으로. 아프고 힘들었던 시간들을 어떻게 지나왔나 생각하면, 그래도 그 중심에 아이들의 '아버지'가 있었기 때문에 가능했던 것 같다.

아이들의 우스갯소리에 남편이 자꾸 웃었다. 우리들의 이야기를 알아듣고 감정을 표현하는 게 신기해서 우리는 더 많이 웃었다. 누구 말처럼 행복해서 웃는 게 아니라 웃기 때문에 행복해진다는 걸 요즘 체험하며 산다. 그런 긍정적인 생각을 하는 아이들에게 고마울 따름이다. 남편의 애창곡 〈홍하의 골짜기〉와 〈꽃반지 끼고〉를 너댓 번이나 들은 것 같다. 청하고 청해도 싫다 소리 않고 부르는 남편은 우리집의 마스코트다. 웃음 제조기다. 그러고 보니 우리가 웃는 건 순전히 남편 덕분이다. 우리에게 아버지라는 존재는 그런 것 같다. 능력이 있고 없고를 떠나, 곁에 있다는 것만으로도 힘이 되고 그늘이 되는, 큰 산 같은 존재.

두어 시간 걸려 친정에 도착했다. 마당에 들어서자마자 하늘을 보며 딸애가 외친다. 우와! 별 좀 봐! 우리는 그 말에 저절로 하늘을 쳐다보았다. 쏟아져 내릴 듯 영롱한 별들이 밤하늘에 가득하다. 카시오페이아와 북두칠성을 오랜만에 본 듯하다. 밤하늘을 쳐다보는 우리 식구들을 보고 어머니는 빙그레 웃으셨다. 어머니는 늘 별을 보고 사니 모르실 거다. 풀벌레 소리와 소슬한 바람과 저 밤하늘의 별이 얼마나 아름답게 어우러지는지를. 아니 느끼며 살 만큼 어머니는 마음의 여유가 없었을 게다. 고물고물 어린 우리 삼남매를 키우고 가르치기 급급하셨을 테니까.

음력 9월 초하루는 아버지 제삿날이다. 아버지는 50년 전 서른한 살의 푸르고 젊은 나이에 스물일곱 살의 꽃 같은 아내와 유복자까지 세 아이를 남기고 돌아가셨다. 그때 나는 다섯 살이었다. 맏이인 내가 아버지의 얼굴을 기억하지 못하는데 동생들은 더할 것이다. 아버지에 대한 기억은 두 가지다. 아버지를 태운 상여가 태령산으로 올라가는 걸, 할머니의 등에 업혀 훌쩍거리며 쳐다본 것과 안방 뒷문 쪽에서 발에 약을 바르던 아버지의 뒷모습이 실루엣처럼 남아 있을 뿐이다. 그 두 가지 기억만으로 내가 아버지의 존재를 인식하고 느끼기에는 역부족이었다. 그래서 그럴까. 내 유년과 그 이후 결혼하기까지, 나는 참 외롭고 힘들었다. 더구나 철이 들면서부터는 어머니와 동생들을 책임져야 한다는 장녀 의식 때문에 늘 어깨가 무겁고 힘겨워 휘청거렸다.

아버지 얼굴을 한 번도 못 본 막내가 오늘따라 부쩍 가엾어 보인다. 비쩍 마른 여동생은 목이 유난히 길다. 아버지의 삼우제를 지내고 그날 밤에 태어난 여동생, 그 여동생이 태어나던 날 밤의 풍경이 나의 기억 속에 생생하게 남아 있다. 아기 울음소리에 깨어보니 아랫목에 얼굴이 빨간 아기가 이불에 싸여 있었다. 어머니는 아기를 보며 자꾸 울었다. 할머니가 어머니를 달래고, 삼촌은 윗방 문을 열고 묵묵히 안방의 풍경을 내려다보고 있었다. 아무도 내가 깬 것을 알지 못하는 듯했다. 나는 다시 가만히 눈을 감고 잠을 청했다. 어머니는 계속 훌쩍거리며 울었다. 다음 날 아침에 본 어머니의 눈은 뜰 수 없을 정도로 퉁퉁 부어 있었다. 여동생을 볼 때면 빨갛고 조그만 아기 얼굴이 겹쳐진다. 그리고 그날 밤의 기막힌 풍경도. 그래서 여동생을 보면 그저 가슴이 아릿아릿해지나 보다. 사는 게 바빠 언니 노릇도 제대로 못하는 미안한 마음과 함께.

아버지가 부재한 내 유년기와 청소년기는 늘 고단하고 무거웠으며 기댈 언덕이 없다는 상실감에 암울했다. 아버지의 빈자리까지 채워주기 위해 수고한 어머니의 노고와 사랑을 어찌 말로 다 표현할까. 그런데도 나는 늘 아버지의 부재로 인해 외롭고 고독했으며 불행하다고 생각하며 자랐다. 내 앞에 닥치는 숱한 문제들을 힘겹게 해결해나가면서, 아버지의 그늘에 있는 다른 딸들을 얼마나 부러워했는지 모른다.

아버지의 부재로 인해 비었던 크고 휑한 자리는 결혼과 함께 어느 정도 채워졌다. 그러나 여전히 그 상실의 흔적은 남아 있고 나이가 들수록 아버지의 부재에 안타까움을 느낀다. 다른 것은 다 그만두고 '아버지'라고 부를 수 있는 대상이 있기만 해도 좋겠다는 생각이, 왜 아직도 남아서 불쑥불쑥 고개를 내미는지 모르겠다. 그것 때문일까. 남편이 건강하지는 못하지만 저렇게 아이들 곁에서 아버지라 불리며 있어주는 것만으로도 아버지의 역할을 하고 있다는 생각이 든다. 전봇대가 서 있는 것만으로도 그 역할을 다하는 것처럼…….

# 겨울 삽화

어젯밤까지 노란 단풍을 자랑하던 은행잎이, 아침에 일어나니 한 잎도 남지 않고 모두 떨어졌다. 가으내 그 노란 은행잎을 보느라 창의 덧문을 닫지 않고 지냈는데, 하룻밤 새 저렇게 벌거숭이 나무가 되다니. 허무했다. 놀라움에 창문을 열고 땅바닥을 살펴보니, 불어오는 바람에 낙엽이 정신없이 구르고 있다. 이제 가을의 끝인가 보다. 가을을 이대로 보내기 서운하여, 집 뒤 공원으로 산책을 나갔다. 전에는 못 보고 지나쳤던 까치집이 보인다. 아까시나무 위였다.

고향 마을 뒤 나지막한 산 위에 오르면 까치집이 있었다. 아침마다 경쾌한 소리로 짖어대던 까치들의 보금자리가, 저렇게나 높은 나무 위에 있었다는 게 어린 마음에 신비로웠다. 나뭇잎이 다 떨어지고 나면 그제야 보였던 까치집, 그 까치집처럼 우리 집도 참 소박하고 분수에 맞았다. 그 까치집에 살고 있는 까치네 식구처럼, 우리도 넘치지 않고 모자라지도 않는 집에서 오순도순 살았다. 할머니, 어머니, 그리고 우리 삼남매가.

안채에는 안방과 윗방으로 방이 두 개. 사랑채에는 하나의 사랑방, 방은 저 까치집처럼 세 개였다. 안방에는 할머니와 남동생이 잤고, 윗방에서는 여동생과 내가 어머니와 함께 잤다. 사랑방은 나무를 아끼느라 겨울에는 쓰지 못했고, 따뜻한 철에는 어머니와 여동생이 나와 함께 썼다.

겨울이면 안방 아랫목에 놋주발에 담긴 밥을 이불 속에 묻어두었고, 학교에서 돌아오면 할머니는 그걸 꺼내 밥상을 차려주셨다. 화로에서 뭉근히 끓고 있는 된장찌개와 함께. 곱은 손으로 밥을 먹으려면 할머니는 따뜻한 손으로 녹여주셨다. 밥을 한 숟갈 입에 넣고 씹으며 숟가락을 놓으면, 어느새 할머니는 양손 속에 고사리 같은 내 손을 넣고, 조물락조물락 만지작거리며 녹여주시곤 했다. 그때의 안온하고 포만감이 느껴지던 마음은, 밥으로 부른 배보다 더 나를 행복하게 만들었다.

문풍지가 웅웅거리며 큰소리로 우는 늦가을 밤이면, 뒷산에서 들리던 산바람 소리와 부엉이 울음소리. 불기가 들어오지 않는 윗방에는 찬기만 가득하고, 어머니의 양쪽에 누워 잠을 청하던 나와 여동생은 어머니 겨드랑이 속으로 옴작옴작 파고들었다. 그때 안방에서 잔잔한 할머니의 음성이 들렸다.

"에미야, 내려와 자거라. 추울라."

"괜찮아요."

목울대를 타고 나오는 어머니의 음성은 추위에 오그라들어 작게 흘러나오기 마련이었다.

두어 번 더 내려와 자라는 할머니의 채근이 있을 때, 어머니는 우리들을 데리고 안방으로 내려가 자리를 폈다. 그럴 때마다 약간의 실랑이가 벌어지곤 했다. 할머니는 머리를 윗목에 두고 발을 아랫목에 두는 형태를 고집했고, 어머니는 맨 아랫목에 할머니가 눕고 남동생 나 여동생 어머니 순으로, 맨 윗목에 어머니가 자리를 펴려고 했다. 그러나 항상 할머니의 말씀대로 모든 식구가 아랫목에 다리를 뻗고, 윗목에 머리를 둔 상태로 이부자리가 펴졌다.

"어머님, 추우신데 아랫목에 주무시잖구요."

민망한 듯한 어머니의 목소리가 가늘게 흘러나왔다.

"무슨 소리여. 춥긴 다 한가지여. 에그, 얼른 추위가 가야 하는데."

안타까움이 서린 할머니의 목소리가 한숨과 함께 나왔다. 그럴 때면 문풍지는 더 웅웅대고 뒷산의 부엉이 소리는 더 크게 들렸다.

서너 달 가까이 우리는 그렇게 한방에서 잠을 잤다. 윗방에는 겨울의 점심 양식인 고구마 통가리가 놓이고, 작은 안방에서 옴닥옴닥 다섯 식구가 붙어서 잠을 잤다. 안방 문 앞에는 할머니가 눕고 옆에는 남동생, 나, 여동생, 그리고 뒷문 앞에는 어머니가 누웠다. 안방 맨 윗목에는 하얀 사기 요강이 놓이고, 한쪽 구석에는 질화로가 놓였다. 요의를 느낄 때마다 이불을 부스럭대면, 할머니는 칠흑처럼 어두운 방 안에서 손가락으로 사기 요강을 톡톡 쳤다. 그 맑은 소리를 따라가면 요강 언저리가 어슴푸레 보였다. 나는 찬기가 엉덩이에 닿을까 봐 엉덩이를 들고 오줌을 누곤 했다. 아침에 보면 가끔 오줌이 방바닥에 조금 흘러 있기도 했다.

초저녁에 담아다 놓은 질화로의 불이 다 사위어가면, 푸르스름한 새벽빛이 방 안에 감돌기 시작했다. 그믐이 다가오면 뒷문 창호지를 뚫고 들어오던 그 은근한 달빛, 방 안 가득한 달빛으로 환히 보이던 할머니와 어머니의 잠든 모습, 허수아비처럼 보이던 약간은 무섬증을 동반한 벽에 걸린 몇 개의 옷가지, 너무도 깊이 잠들어 있는 동생들의 평온한 얼굴, 이 모든 것은 까치집처럼 소박한 집에 살던 내 유년의 겨울 모습이다.

전에 우리는 가끔 한 번씩 거실에서 온 식구가 함께 잤었다. 이제는 그것도 못 해본 지 여러 해가 되었다. 많지도 않은 식구인데, 직장 문제로 아들은 나가서 혼자 산다. 가끔 다니러 왔을 때 함께 자자고 하면 불편해하며 자기 방으로 간다. 언제나 식구들이 한방에서 옴닥옴닥 붙어 서로의 숨소리를 들으며, 또 서로의 온기를 느끼며 잠들어 볼까. 예전에는 너무도 당연하고 쉬웠던 일들이, 이제는 벼르고 별러도 이루어지기 어려운 현실이다.

오늘은 까치집처럼 소박했던 그 옛날의 우리 집을 생각하며, 그리운 할머니와 어머니 또 동생들을 그리워하고 싶다. 가난했지만 마음이 부자였던 유년 시절도.

# 풀벌레 소리를 들으며

여름이 가고 있다. 아침저녁으론 제법 선선한 바람이 불어, 이제는 창문을 닫고 자야 할 것 같다. 가마솥더위니 찜통더위니 하며 덥다고 아우성친 게 엊그제 같은데, 벌써 서늘한 바람이 분다. 그런데도 나는 요즘 창문을 닫을 수가 없다. 풀벌레 소리 때문이다. 그 풀벌레 울음소리가 나를 추억에 잠기게 한다.

열예닐곱 살 시절이었던 것 같다. 개울 건너 마을에 몇 살 더 먹은 사람이 살고 있었다. 가끔 이동극장이나 콩쿠르대회에서 우연히 보기라도 하면, 이상하게 내 마음이 설레던 그였다. 어머니 몰래 구경을 간 이동극장이 끝나 집에 가려고 돌아서면, 큰 눈을 반짝이며 미소를 머금고 나를 쳐다보던 그와 마주치곤 했다. 언젠가는 학교 길에서도, 어머니 심부름으로 개울 옆 밭에서 호박이며 오이를 따 가지고 올 때도, 소꼴을 베어 지게에 지고 지나가는 그와 마주쳤다. 살짝 미소를 짓고 징검다리를 건너 마을로 들어가는 그의 뒷모습을 한동안 쳐다보기도 했다.

그와 처음으로 데이트 비슷한 것을 해본 건 열아홉 살 때다. 고등학교를 졸업한 그는 취직을 해서 도시로 나갔고, 가끔 나에게 편지를 보냈지만 나는 앙큼하게도 답장을 하지 않았다. 그 당시 나는 도시 생활에 염증을 느끼고, 1년 정도 고향에 내려와 읍에 있는 사무실에 나가고 있을 때였다. 아마도 지금 생각하면 그가 여름 휴가를 왔던 모양이다. 그의 여동생이 나를 찾아와 복숭아 원두막에 가자는 제의를 했고, 시골에서 친구도 없이 심심하게 지내던 나는 흔쾌히 승낙했다.

가볍게 저녁을 먹고 어머니의 허락을 받은 후, 우리 마을 건너 개울 쪽에 있는 복숭아 원두막으로 발을 옮겼다. 풀벌레 울음소리가 요란했고 걸어가는 논둑길 위로 개구리가 펄쩍 뛰어나와 놀라게 했다. 검푸르게 보이는 벼 이삭에는 이슬이 촉촉이 내리고, 이슬에 채인 운동화는 약간 젖었다. 개울 앞에 이르자 그의 여동생이 개울 건너에 나와 있는 게 보였다. 놀랍게도 그와 함께.

개울을 건너기도 전부터 내 가슴은 두근거리기 시작했다. 어떻게 인사를 나누었는지 모르겠다. 어느새 그의 동생은 우리보다 저만큼 앞서서 원두막으로 향했고, 그와 내가 나란히 복숭아밭으로 들어가는 들길을 걷고 있었다. 풋풋한 풀 냄새가 콧속으로 파고들었고, 요란하고 정겨운 풀벌레 소리가 귓가를 맴돌았다. 달빛을 받으며 노란 달맞이꽃이 피어나듯, 그와 나의 이야기도 꽃처럼 피어났다. 가끔씩 꼬리에 불빛을 단 반딧불이가 훽훽 우리의 걸음보다 앞서 갔다. 가끔 올려다본 하늘에는 달과 함께 큰 별들이 몇 떠 있었고, 개울물 흐르는 소리가 잦아들자, 우리는 복숭아 원두막에 도착했다.

우리는 복숭아를 사 가지고 와서 수정처럼 맑은 개울물에 씻었다. 그리고 개울 한쪽의 넙적한 돌에 앉아, 흐르는 물소리를 들으며 또 풀벌레 울음소리를 들으며, 달콤하고 향긋한 복숭아를 베어 먹었다.

"복숭아는 깜깜한 밤에 먹어야 예뻐진대."

그의 말에 우리는 왜 그러냐고 다투어 물었다.

"복숭아에는 벌레가 많기 때문이야."

그의 여동생과 내가 기겁을 하며 벌레 먹었으면 어떡하느냐고 하자, 벌레를 먹어야 예뻐진다며 짓궂게 흐흐흐 웃었다. 그 말에 그만 맛있게 먹던 복숭아 맛이 떨어져버렸다.

흐르는 개울물은 고른 물소리를 내며 흘렀고, 달빛 때문에 많지 않았던 밤하늘의 별은 흐릿한 별빛을 뿌렸다. 선들거리며 불어오는 늦여름의 밤바람은 상큼했다. 별스런 이야기도 아닌데 우리는 수도 없이 웃었고, 그는 가끔씩 나를 큰 눈으로 응시했다. 그럴 때마다 가슴이 두근거렸으며 나의 내면이 자라는 느낌을 받았다.

여름밤은 짧고도 짧았다. 남은 복숭아를 몇 개씩 나누어 가지고 개울 앞에서 우리는 헤어졌다. 그가 몇 번이고 나를 데려다 주겠노라고 했지만, 달빛에도 뚜렷한 나를 응시하던 그의 눈이 부담스러워 간곡하게 거절하고 얼른 개울 징검다리를 건넜다.

그렇게 헤어진 후 그를 처음 본 것은, 내가 결혼하고 집으로 신행을 가던 버스 안에서였다. 결혼했냐고 묻는 그의 눈빛이 약간 슬퍼 보인 것은 내 느낌일까. 나는 남편을 그에게 소개했고 둘은 의례적인 인사를 나누었다. 그 후로 그를 본 적이 없다. 잘 살고 있다는 말을 풍문에 들었을 뿐이다.

어젯밤에도 풀벌레 소리가 요란하여 한동안 잠을 이루지 못했다. 까맣게 잊고 있던 그가 불현듯 생각났기 때문이다. 혼자 빙그레 미소를 짓다가 남편에게 그 이야기를 해주었다. 남편은 첫사랑이냐고 물었다. 사랑까지는 아니고 그런 일이 있었다고 말했다. 혹시 인사를 나는 그를 기억하느냐고 물었더니 전혀 기억에 없단다. 남편은 무슨 생각이 들어서 그러는지 흐흣 웃었다. 꼭 그날 그처럼 짓궂게.

남편도 풀벌레 울음소리를 들으며 어떤 갈래머리 여학생을 떠올렸을까. 혼자 조용히 좋아했던 친구의 누나라도, 아니 짝사랑했던 어떤 아가씨라도. 이제 그런 것은 우리의 삶에 아무런 문제가 안 된다. 다 아름다울 뿐이다. 나도 살짝 웃으며 옆에 있는 남편의 손을 잡았다. 풀벌레 소리가 더 서정적으로 들렸다.

# 여동생과 참외

나는 참외를 좋아한다. 노랗고 단내가 폴폴 나는 참외. 차를 타고 길을 지나다가도 동글동글하고 맛있어 보이는 참외가 있으면 차를 세우고 살 정도로 좋아한다. 그러고는 차 안에 있는 물로 대충 씻어서 껍질까지 우적우적 깨물어 먹을 때도 있다.

어느 해 여름이었다. 내가 초등학교 4학년쯤이었던 것 같다. 학교에 갔다 오니 바깥마당에서 동생이 입에 무엇을 넣고 우물거리며 놀고 있었다. 손에도 쥐어져 있었다. 참외 껍질이었다. 마당을 살펴보니 여기저기 노란 참외 껍질이 흩어져 있었다. 참외를 가지고 나와서 먹던 아이들이 베어 먹고 버린 거였다. 순간적으로 동생을 노려보니, 움찔하며 손에 있는 것을 땅에 버렸다. 부아가 났다, 아이들이 먹다 버린 참외 껍질을 주워서 먹고 있었으니. 어찌나 화가 나던지 머리를 콩 쥐어박았다. 동생이 울음을 터뜨렸다.

동생은 왜 때리느냐며 나에게 대들었고 나는 거지처럼 왜 참외 껍질을 주워 먹느냐고 나무랐다. 동생은 무안하고 아프기도 했겠지만 먹던 것을 못 먹게 되어서 아쉽기도 했던지 더 큰 소리로 울었다. 울어대는 붉은 입안에 들어 있던 노란 참외 껍질 조각이 진동 때문에 가늘게 떨렸다. 얼굴이 빨개지도록 우는 동생에게 꿀밤을 한 대 더 먹인 것은, 나도 속상해서, 너무도 속상해서 그랬다. 그래도 참외를 사주겠다며 달래서 집으로 데리고 들어왔다. 구정물이 흐르는 얼굴을 씻기면서 나도 눈물을 찔끔거렸고, 할머니와 어머니가 밭에서 돌아오기를 기다리며 저녁밥을 지었다. 할머니가 돌아오시면 참외를 사달라고 조를 작정이었다.

저녁 해가 넘어가고 어스름이 내릴 즈음 할머니와 어머니가 밭에서 오셨다. 다짜고짜 할머니에게 왜 우리는 밭에 참외를 안 심느냐고 투정을 부렸다. 참외가 양식이 되지 않아 심지 못한다는 걸 어린 나는 알고 있었다. 그래도 억지를 부리며 툴툴댔다. 할머니는 뜬금없이 웬 참외 타령이냐고 하면서도 먹고 싶으냐고 물으셨다. 그제야 저녁나절 있었던 얘기를 했다. 할머니는 아무렇지도 않다는 듯 애기들은 주워 먹기도 하면서 크는 거라고 하셨다.

부엌에서 저녁상을 보던 어머니는 밥 먹으면 되지 웬 성화냐고 야단을 쳤다. 할머니가 슬그머니 마루에서 일어나 바가지 하나를 들고 광으로 들어가셨다. 눈치 빠른 여동생이 내 손을 가만히 잡으며 빙긋 웃었다. 나는 눈을 살짝 흘겼다. 할머니는 큰 바가지에 아끼는 보리쌀을 수북하게 담아 가지고 나오셨다.

할머니를 따라 나도 참외 원두막으로 갔다. 어스름이 내린 길은 어두컴컴했고 하늘에는 별이 돋아나고 있었다. 여치와 풀무치 우는 소리가 요란하고 논에서 올라오는 풀 냄새가 풋풋했다. 보리쌀 바가지를 들고 할머니는 밤길을 걸으셨다. 따라오려던 두 동생을 떼어놓고 오기를 잘한 것 같았다. 원두막까지는 제법 거리가 되었기 때문이다.

저만치에 남포등이 걸린 원두막이 보였다. 무사히 원두막에 도착했다. 할머니가 보리쌀을 쏟을까 봐 얼마나 가슴이 조마조마했던지.

보리쌀 한 되를 주고 참외 일곱 개를 샀다. 보리쌀 한 되로 참외 다섯 개를 살 수 있었지만 두 개를 덤으로 준 것이다. 물론 두 개는 약간 못생기고 작았다. 할머니는 보리쌀 담았던 바가지에 참외 여섯 개를 담고 한 개는 내 손에 쥐여주셨다. 땀이 송글송글 맺힌 코에 대보았다. 달큰하고 풋풋한 내음새가 콧속으로 파고들었다. 돌아오는 길에는 여치와 풀무치가 더 울어대고 밤하늘에는 별도 더 총총했다.

"그거 먹어라."

할머니가 내 손에 든 참외를 할머니의 옷에 쓱쓱 문질러주며 말씀하셨지만 나는 먹지 못했다. 눈이 빠지게 기다리고 있을 두 동생들을 두고 내가 먼저 먹을 수는 없었기 때문이다. 밤하늘에 가득했던 별, 풋풋한 냄새들, 풀벌레 소리, 가끔씩 인광처럼 번쩍이던 반딧불, 길게 꼬리를 내며 떨어지던 별똥별, 참외 먹을 생각에 입안에 가득 괴던 침, 밤길이니 조심하라던 할머니의 다정한 목소리.

집으로 돌아오니 멍석을 깐 안마당에 밥상이 차려져 있었고, 동생들은 참외를 보자마자 와아 함성을 질렀다. 매캐하면서도 향기로운 모깃불 타는 냄새와 밥 먹고 먹으라는 어머니의 목소리가 코와 귀를 간질였다. 동생들이 수저를 들기보다 큰 참외를 하나씩 손에 든 것은 당연지사였다. 껍질을 깎지도 않은 채 옷에 쓱쓱 문질러 베어 먹는 우리를 보며 할머니와 어머니는 웃음을 지었다. 단물이 주르르 흐르는 참외를 풀벌레 소리와 함께 참 맛있게도 먹었다. 할머니와 어머니는 참외를 드셨는지 어쨌는지 기억에 없다. 아삭아삭하고 달콤한 참외 맛에 홀려 있었기 때문에.

엇그제 참외 한 상자를 만 원에 샀다. 싸도 너무 싸다. 참외 농사를 지은 이에게 미안한 마음이 들 정도다. 참외를 두어 개 꺼내 깎아 한 입 베어 물었다. 향긋한 냄새와 함께 단맛이 또 불쑥 그날의 기억 속으로 이끌었다. 참외를 사러 가던 날 밤의 정경이 어제 일인 듯 고스란히 떠오른다. 참으로 그리운 날들이다. 그리운 식구들이다. 이제 할머니는 하늘나라로, 어머니는 고향집에, 동생들은 각자 가정을 이루고 산다. 다시는, 다시는, 재현될 수 없는 날이기에, 그때가 더 그립다. 머무르지 않는 것들에 대한 아쉬움과 그리움은 어려웠던 날들도 행복했던 날로 만드는 것 같다.

안산에 살고 있는 여동생이 방학 때 한번 놀러 오라고 전화를 했다. 음식 솜씨가 좋은 동생은 맛있는 거 많이 해줄 테니 오란다. 노란 참외를 한 바구니 사 들고 가서 옛날이야기를 나눠볼까 싶다. 동생은 그날을 기억할까. 너무 어려서 잊어버린 건 아닐까. 나는 조그맣고 빨간 동생의 입안에서 떨리고 있던 노란 참외 껍질 조각을 생각하면 지금도 눈물이 핑 도는데…….

# 지지 않는 꽃, 사랑

남한산성은 언제나 아름답다. 아름답다는 말 말고 뭐라고 표현해야 적절할지 모르겠다. 사시사철 꽃이 피고 진다. 봄에는 꽃다지, 개별꽃, 처녀치마, 얼레지, 각시붓꽃, 괴불주머니, 여름에는 비비추, 뻐꾹나리, 세잎쥐손이, 물봉선, 고마리, 마타리, 괴불주머니, 가을에는 쑥부쟁이, 들국화, 구절초, 수크령 등과 울긋불긋한 단풍, 겨울에는 새하얀 서리꽃과 진저리나게 멋진 하얀 눈꽃 등. 어느 산이라고 그렇지 않겠냐마는, 가까이 즐겨 찾는 산이라 그런지 더 아름답게 느끼고 있다. 요즘은 노란 괴불주머니와 앵초, 갖가지 색깔의 제비꽃 그리고 각시붓꽃이, 철쭉과 더불어 그 고운 자태를 드러내고 있다. 아름다운 숱한 꽃이 피고 지는데, 영원히 지지 않는 꽃은 아마도 사랑이리라.

오늘도 남한산성을 향해 차를 몰았다. 남한산성이 있다는 건 성남 시민들에게 축복이다. 산에 오를 때마다 갖는 생각이다. 창문을 여니 아까시 향이 후욱 차 안으로 끼쳐온다. 향긋하고 고소하고 정겨운 냄새. 입에서는 저절로 노래가 흘러나온다. 흥얼흥얼 대며 산굽이를 돌아 올라간다.

전화벨이 울렸다. 이어폰을 귀에 꽂고 전화를 받았다. 삼촌이었다. 어머니 쪽으로 친척 동생뻘 된다. 어머니는 멀기는 해도 친정붙이가 근처에 산다는 것만으로도 의지가 되는지 우리와 가까이 지냈다. 생각해보면 나는 그 삼촌에게 많은 은혜를 입었다. 삼촌이 도시로 나가 직장에 다니게 되면서부터 『샘터』 잡지를 매달 우송해주었고, 집에 들를 때면 학용품도 심심찮게 사다주었기 때문이다. 그때는 고맙다는 말도 못했다. 몇십 년이 지난 지금에야 그때 참 고마웠노라고 말했다. 삼촌은 별소리를 다 한다면서, 이렇게 못 만나고 살면 되겠느냐고 한다. 의례적인 안부와 지난날의 회포를 대충 풀고 나자, 삼촌은 약간 머뭇거리며 한때 삼촌과 사귀었던 언니의 안부를 물었다.

아까시 꽃 향기처럼 내 가슴이 알싸해지면서, 조심스럽게 묻는 삼촌의 마음이 아프게 나에게 다가오는 듯했다. 칠순의 나이를 넘긴 삼촌이 아직도 가슴에 그 여인을 품고 있다니. 그것을 부도덕하다고, 숙모에게 죄 짓는 거라고 할 수 있을까. 오히려 아름답다는 생각이 들었다. 나이를 먹었기 때문일까. 앞에 펼쳐진 자연의 넉넉함 때문일까. 한때 사랑했던 여인의 안부 정도 챙긴다고 해서, 그게 뭐 그리 죄가 될까 싶었다. 공연히 눈물이 날 것처럼 가슴이 싸하면서 따뜻해졌다.

언니는 우리 집과 멀지 않은 아랫마을에 살았다. 우리 친가 쪽으로 먼 친척이기도 했다. 그닥 예쁘지는 않았지만 착하고 순박한 산골 처녀였던 언니는, 우리 집에 자주 오던 삼촌과 연애를 했다. 그 때문에 나는 두 사람의 우체부 역할을 자주 했는데, 어머니와 함께 두 사람이 맺어지기를 무척이나 바랐다. 그런데 무슨 연유에서인지 삼촌이 먼저 결혼을 했고, 언니와 나는 삼촌의 결혼식에 선물을 사 들고 참석했었다. 그 상황이 이해되지 않아 결혼식에 안 간다고 했는데, 언니는 빙그레 웃으며 내 손을 잡고 결혼식장에 갔었다. 그 후 몇 년이 지나 언니도 결혼을 했다.

삼촌은 결혼 후 경주 근처에 살았는데, 우리는 30년이 넘도록 서로 만나지를 못했다. 딱 한 번 친정에 갔다가 만난 적이 있지만, 그때까지도 삼촌을 못마땅하게 생각했기에 그냥 스치고 말았다. 인생을 덜 산 사람의 순수함 때문이었겠지. 삼촌은 머뭇거리며 언니의 안부를 물었다. 이제 어느 정도 삼촌을 이해할 수 있었다. 사람마다 모두 설명할 수 없는 무슨 사정이 있는 거니까. 그리고 사람을 완전하게 이해할 수는 없는 거니까. 내가 언니의 안부를 전해주며 보고 싶냐고 짓궂게 물었더니, 약간 민망한 듯 얼버무리셨다. 괜히 장난을 쳤나 싶었지만 가슴은 무엇이 가득 차는 듯했다.

차를 주차장에 대놓고 산을 오르는데, 소나무에서 나는 향과 아까시 향이 어우러져 더 향긋했다. 애기나리꽃과 둥글레꽃이 붉은병꽃 무더기 아래에서 피고 있었다. 진한 연둣빛의 신록은 눈부셨다. 노란 괴불주머니꽃은 신비로웠다. 나의 삶 곳곳에 이야기가 담겨 있듯, 그 노란 주머니 속에 내밀한 이야기들을 하나하나 담고 있는 것 같았다.

지난날의 추억이 나는 유난히 많은 듯하다. 즐거웠던 것은 즐거웠던 그대로, 힘들고 고단했던 것은 그 나름대로, 아프고 아릿했던 것은 애틋한 그대로, 지금 생각하면 모두 다 아름답게 미화되어 떠오른다. 그래서 추억은 아름답다고 하는 것인지도 모른다.

삼촌에게 언니의 소식을 전해주긴 했지만, 일정 부분은 숨긴 채 이야기해주었다. 언니에게 일어났던 너무 가슴 아픈 이야기는 차마 다 하지 못하겠다. 그러면 삼촌이 너무 가슴 아파할 것 같아서. 인생은 정도의 차이는 있을지라도 누구에게나 지난하다는 생각이 들었다. 그런 세월을 넘어왔기 때문에 어른들의 지혜가 소중한 건지도 모르겠다. 요즘엔 그것마저 무시되는 세태여서 안타까울 때가 많지만.

투명한 햇살은 살갗을 파고들듯이 맑았다. 바람이 불어왔다. 하얀 왕고들빼기꽃의 긴 목이 바람에 흔들렸다.

# 사람이 꽃보다 아름다워

비 때문이었을까. 산자락이 건너다보이는 창 넓은 카페에서 마신 쌉싸래하면서 알코올 맛이 살짝 들어간 칵테일 한 잔 때문이었을까. 아니, 무의식의 바다에서 가끔씩 떠오르는, 알큰한 느낌으로 다가오는 어떤 기억 때문이었을까.

"나는 여고 때 어떤 남학생에게 받은 그림이 있는데 아직도 갖고 있어."

"……"

아무 말도 하지 않은 채 나는 고개만 끄덕였다.

"내가 왜 이런 이야기를 하고 있지?"

앞에 앉은 그녀는 하던 이야기를 잠시 멈추고 나에게 반문했다. 오렌지색이 도는 칵테일을 한 모금 마시며, 발그레해지는 눈자위를 못내 감추지 못한 채.

나는 그녀가 첫사랑 이야기를 꺼낼 때부터 미안하게도, 그녀 이야기를 건성으로 들으며 어떤 사람을 떠올리고 있었다. 그래서 이야기를 자세히 듣지 못한 상태에서, 그냥 습관적으로 고개를 끄덕일 뿐이었다. 그것도 맞장구라면 맞장구다.

저녁때가 다 되어 만난 우리는 누가 먼저랄 것도 없이, 차 마시러 가자는 말과 함께 남한산성으로 올라왔다. 비까지 내리는 다 저물녘인데도, 우리는 건너편 산이 훤히 보이는 한 찻집에 와 앉았다. 비 때문인지 사람이 몇 안 되었다.

그, 그는 늘 낡은 교복을 입고 다녔다. 교과서도 헌책이었고 운동화도 너덜거렸다. 시골의 작은 면소재지에 있는 학교에 다녔던 그와 나는 같은 반이었다. 공부를 잘하지 못하는 그에게 나는 별다른 관심을 갖지 않았지만, 그의 허옇게 낡은 교복은 안됐다는 생각과 함께 이상하게도 가슴을 두근대게 했다. 준비물이 없어서 난감해하는 그에게 넉넉하지 않은 물품을 슬며시 나누어 건네주기도 했다. 그는 나를 좋아하는 것 같았다. 나도 그에게 차츰차츰 관심을 갖게 되었는데, 어쩌다 눈이 마주치면 어색한 듯 웃는 모습이 천진해 보였다. 등하굣길에 앞서거니 뒤서거니 가게 되면, 그는 공연히 슬쩍 뒤를 돌아다보고 다시 아무런 관심도 없는 양 가곤 했다. 그런 날은 집에 와서도 공부가 안 되고, 쓸데없는 공상으로 마음이 흐트러졌다. 그렇게, 그렇게, 세월이 가고, 그와 나는 졸업을 하면서 서로를 잊은 듯하다.

졸업 후 20년쯤이 흐른 어느 날, 동창회가 처음으로 있던 날이었다. 그도 왔다. 이제는 30대 중반의 아저씨 같은 모습이었다. 나는 솔직히 그동안 그를 까마득하게 잊고 있었다. 그가 머뭇거리며 내 옆으로 오더니 악수를 청했다. 딱딱한 그의 손바닥, 놀랐다. 나는 얼른 시선을 옮기고 말았다. 다른 친구들은 모두 결혼을 하고 가정을 꾸린 상태였지만, 그는 아직 미혼이라고 했다. 과하다 싶게 술을 마신 그가 나에게 조그맣고 조심스럽게 말했다.

"늘 생각하고 있었어."

"……."

이미 어른이고 더운 여름인데도, 몸에 으스스 소름이 돋으며 정신이 조금 혼미해졌다. 나는 그에게 아무런 말을 하지 못했다.

그 후 여러 번 모임이 있었지만 그는 오지 않았다. 어느 때는 서울로 올라가 직장에 다닌다는, 다시 내려가 농사를 짓는다는 소식과 함께, 아직 마땅한 사람이 없어 결혼을 하지 못했다는 이야기도 들었다. 그러다 재작년 모임 때 그가 스스로 목숨을 버렸다는 소식을 들었다. 딱딱했던 그의 손과 유난히 나를 쏘아보듯 응시하던 눈길을 떠올리며 정신이 아뜩해졌다.

"무슨 생각을 그렇게 해?"

그녀의 이야기가 끝난 모양이다.

"아, 아니 듣고 있었는데."

더듬거리며 간신히 내는 나의 말소리에 물기가 묻어 있었다.

"오늘 같은 날 첫사랑을 만난다면 좋겠지?"

그녀는 아직도 꿈을 꾸고 있는 듯 조금 들뜬 목소리로 말했다.

"글쎄……."

"남편에게 미안한 일일까?"

그녀의 반문에 나는 빙긋 웃었다.

"첫사랑은 만나지 않는 것이 좋다잖아. 환상이 깨지면 어떡해?"

"그런 게 어딨어. 나는 연락만 된다면 만나겠다. 아주 스스럼없이."

그녀가 과장스럽게 말하며 어깨를 흔들었다. 그러고는 가만히 두 손을 턱 밑에 괴고 나를 응시한다.

비 때문이었을까. 나와 상관없이 오랫동안 나를 생각했다는 그를 떠올린 것은. 작은 감정의 조각들을 주워 모으고 그것을 추억하는 일은, 누가 뭐래도 아름답다. 사람이 꽃보다 아름답다는 노랫말처럼, 사람의 마음이, 누군가를 생각하고 그리워하는 마음이, 아름답다. 나를 늘 생각했다던 먼 길을 떠난 그와 첫사랑을 그리워하는 그녀가 아름다웠다. 사람이 꽃보다 아름답다.

# 고장 난 자전거

새미가 자전거를 샀다. 바퀴가 빨간 예쁜 자전거다. 아파트 마당에 자전거 보관대가 있는데도 14층 우리 집 현관 밖 창가에 묶어놓았다. 신주 모시듯 그러지 말고 1층에 내려다 두라고 잔소리를 해도 안 된단다. 이렇게 귀여운 자전거를 어떻게 밖에 두냐는 것이다.

새미는 쉬는 날이면 한강이나 탄천으로 자전거를 타러 간다. 나도 한번 타보자고 했지만 싫단다. 뺏어 타려는 작전이라고 넘겨짚으며, 그렇게 타고 싶으면 하나 사란다. 사실은 자전거를 탈 수 있으려나도 모르겠다.

자전거를 배운 건 중학교 때다. 여름방학 체육 숙제가 자전거 배우기였다. 오빠나 아버지가 있는 집에는 간혹 자전거 한 대가 있었지만 남자 어른이 없는 우리 집에는 없었다. 중1짜리 남동생이 있었지만 버스 통학을 하는지라 사달라고 할 수도 없었다. 어떻게 자전거를 배우나 고민했다.

어느 날 보니 자전거가 헛간에 놓여 있었다.

"엄마, 이 자전거 어디서 났어요?"

"작은아버지 거여. 왜?"

"왜 우리 집에 있어요?

"읍에 가느라 타고 오셔서 놓고 가신 거지. 읍에는 버스로 가시잖어."

어머니는 대수롭지 않게 말씀하셨다. 작은아버지는 윗마을에 사셨다.

자전거를 배운 후로 작은아버지가 자전거를 헛간에 놓고 가시기만 하면 끌고 나와서 탔다. 익숙하지 않아 때로는 농수로에 처박혀 머리와 무릎을 깨고 자전거와 함께 넘어져 팔꿈치를 긁히기도 했다. 자전거 타기는 묘한 매력이 있었다. 한여름 더위를 자전거만 타면 시원한 바람 때문에 잊을 정도로. 아랫마을과 윗마을은 물론 10리가 넘는 곳까지도 타고 다녔다.

작은아버지는 내가 자전거를 타고 있는 줄도 모르셨다. 어머니는 그러다 고장 내면 혼난다고 그만 타라고 성화를 대셨지만 아랑곳하지 않았다.

그러던 어느 날이었다. 그날도 작은아버지가 자전거를 헛간에 세우고 읍내로 일 보러 가셨다. 아침밥을 먹기 무섭게 자전거를 끌고 나왔다. 지난번 자전거가 아니고, 짐을 싣는 자전거였다. 무겁고 바퀴가 잘 구르지 않았지만 새로운 자전거를 경험한다고 생각했다. 오르막길에서는 종아리가 팽팽하게 당기고 아팠지만 페달을 세게 밟았다. 내리막길에서는 흘린 땀을 시원한 바람에 식히리라. 드디어 내리막길이다. 멀리 시선을 두고 신나게 내려왔다.

그런데, 이상했다. 가속도가 붙어 브레이크가 말을 듣지 않았다.

차가 자주 다니지 않는 길이었는데 그날따라 반대쪽에서 트럭이 올라오고 있었다. 뽀얀 먼지를 일으키며 시커먼 연기까지 내뿜는다. 좁은 시골길, 브레이크가 듣지 않는 자전거, 순간적으로 생명의 위협을 느꼈다. 울음이 나올 것 같고 가슴이 벌렁거리며 무서웠다. 멈춰지지 않는 자전거는 더 가속이 붙고, 주위에 사람들이 하나도 안 보였다. 트럭은 나를 향해 질주해왔다. 이거야말로 절체절명의 순간이리라. 이제 죽었구나 절망했다.

눈을 떴을 때 제일 먼저 파란 토끼풀이 보였다. 이마에는 피가 흐르고 팔과 다리는 심하게 긁혀 쓰라렸다. 자전거는 숙자네 논에 처박혀 있었다. 숙자 아버지가 와서 벼농사 망쳐놨다고 야단할까 봐 아픈 것도 잊고, 자전거를 끌어올렸다.

열여섯 살 소녀에게 짐자전거는 무거웠다. 더구나 팔과 다리를 다쳐 제대로 힘을 쓰기 힘들었다. 간신히 자전거를 끌어내 길에 세워놓고, 자전거에 눌린 벼 포기를 일으켜 세웠다. 다행히 이삭을 품어 볼록한 벼 포기는 금세 다시 일어났다. 팔다리가 아파 자전거를 끌고 갈 수가 없다. 걸을 수도 없다. 옷과 몸이 흙투성이다. 그런데도 자전거 브레이크를 고장 냈다고 작은아버지께 혼날까 봐 걱정이 되었다.

간신히 다친 몸으로 자전거를 끌고 집으로 돌아왔다. 내 몰골을 본 어머니가 깜짝 놀라 꾸중하셨고, 할머니는 다친 애한테 무슨 짓이냐며 엄마를 야단치셨다. 할머니의 말씀에 나는 그만 울음을 터뜨렸다. 트럭과 부딪쳐 죽을 뻔했던 그 순간을 떠올리며 서럽게 긴 울음을 울었다.

할머니는 머큐롬을 바르며 다친 데를 호호 불어주셨고, 어머니는 작은아버지께 혼날 거라고 협박 비슷한 핀잔을 계속 하셨다. 안 그래도 혼날 일을 생각하면 앞이 캄캄했다. 어머니는 작은아버지 오실 때까지 꼼짝 말고 집에 있으라고 마지막까지 엄포를 놓으셨다. 그런데도 나는 브레이크 때문이라는 말을 끝까지 하지 못했다. 정말 내가 고장 낸 것 같아서였다.

저녁에 헛간으로 자전거를 가지러 가는 작은아버지를 할머니가 부르셨다. 나는 가슴이 움찔거려 오줌이 나올 것만 같았다. 방으로 들어오신 작은아버지가 나를 보고 놀라셨다. 왜 이렇게 다쳤느냐는 말에 혼날 각오를 하고 자초지종을 말씀 드렸다.

"아니, 그럼 지금까지 내 자전거를 탔단 말이니? 저 자전거는 브레이크가 고장 난 거여. 삼거리에서 고치려고 끌고 내려왔다가 늦어서 그냥 읍으로 나간 건데, 큰일 날 뻔했구나. 그만하길 다행이다. 허허."

작은아버지의 말씀에 또 울고 말았다. 내가 고장 냈을까 봐 얼마나 노심초사하고 조마조마했는지. 계속 울고 있는 나에게 괜찮다니까 왜 그러냐고 하셨지만 울음이 쉬 멈춰지지 않았다. 작은아버지는 앞으로는 마음껏 자전거를 타도 좋다며 나를 달래주셨다.

다음 날은 고장 나지 않은 자전거를 헛간에 놓고 가셨다. 그래도 나는 타지 않았다. 그뿐 아니다. 그 후로 지금까지 자전거를 타본 적이 없다. 새미 자전거도 말로는 타보고 싶다고 했지만 자신이 없다. 사실은 두렵다. 자전거만 보면 나를 향해 질주해오던 트럭 때문에 가슴이 벌렁거리기 때문이다. 두려움을 극복해야 새 치즈를 얻을 수 있다는데…….

여름방학이 끝나고 자전거 배운 사람 손 들라고 할 때, 손을 번쩍

들었다. 그 후로 지금까지 자전거를 타본 적이 없다. 이참에 다시 도전해볼까.

# 특별한 선생님



초등학교 6학년 때의 담임선생님이 돌아가셨다. 청주에 있는 대학병원 장례식장이란다. 3년 전까지만 해도 간간이 전화통화를 하곤 했다. 그때만 해도 퇴임하고 그럭저럭 지내고 계시다고 했었다. 10여 년 전에 사모님 돌아가시고 얼마 후 전화를 드렸을 때는, 니 사모님 산속에 내버리고 와서도 이렇게 잘 살고 있다며, 허탈한 듯 껄껄 웃으셨는데. 3년 전 마지막 통화에서 가정의 우환 때문에 힘들어하는 나에게 네 심성을 아니까 잘 할 거라고 믿는다 하셨다. 그때는 조만간 찾아뵙고 약주 한잔 꼭 대접한다고 했는데, 선생님이 돌아가셨단다.

그러고 보니 선생님을 마지막으로 뵌 것은 내 나이 서른다섯 살 여름이었다. 그때 선생님의 연세는 쉰넷이셨으니 이제 생각하니 젊은 연세였다. 워낙 술을 좋아하셔서 친구들과 함께 마련한 그 자리에서도, 그야말로 곤드레만드레가 되도록 취하셨다. 이놈들아, 고맙다. 나를 선생이라고 생각해 불러준 것이 고맙다, 라며 친구들이 권하는 술잔을 마다 않고 다 받으시던 선생님. 우리는 초등학교 6학년 시절로 돌아간 것 같은 착각을 느끼며, 선생님과 밤이 깊도록 이야기를 나누고 술을 마셨다. 그때는 그게 마지막 만남이 될 줄 아무도 알지 못했다.

그 후 몇 년에 한 번씩 전화를 드리면, 내 목소리만 듣고도 금방 아셔서 나를 감격하게 했던 선생님이다. 40년이 다 되도록 교사 생활을 하셨으니 얼마나 많은 제자들이 있었겠는가. 그런데도 어찌 그리 내 목소리만 듣고도 잘 알아보셨는지. 내 성의 없음을 탓하면서도 자꾸 녹록하지 않게 살아온 현실이 야속하다. 비겁하게도. 왜 많은 부분들이 깨닫고 나면 이미 다시 올 수 없는 시간들인가 말이다. 선생님이 계신 청주 장례식장으로 내려가면서, 자꾸 지난 세월이 아쉽고 진작 찾아뵙지 못한 것이 안타까워 가슴이 쓰라렸다.

나와 내 동생들은 선생님과 특별한 인연이 있었다. 우리 셋 모두에게 6학년 담임 선생님이셨기 때문이다. 그리고 특히 나에게는 특별했다. 내가 중학교에 합격을 해놓고도 가난 때문에 가지 못하게 되었을 때, 지금 졸업한 당시에는 신설이었던 중학교를 추천해주시면서, 장학생으로 선발되면 학교에 갈 수 있으니까 시험을 보라고 권하셨다. 만약에 장학생이 되지 못하면 합격한 학교에 다닐 수 있도록, 선생님께서 학비를 책임지겠다는 것이었다. 그래서 나는 신설된 중학교에 시험을 치르게 되었고, 다행히 그곳에 좋은 성적으로 합격하여 장학생으로 다니게 되었다. 그때 선생님이 좋아하시던 모습이 지금도 눈에 선하다.

학기 초 우리 가정 형편을 잘 모르던 선생님은 봄 소풍 때, 나에게 선생님의 점심 도시락을 부탁하셨던 적이 있다. 깔끔한 어머니 덕에 나는 그 당시 친구들에 비해 옷이 정갈하여, 살림이 좀 괜찮은 집 아이처럼 보였을 것이다. 소풍날 선생님의 점심 도시락을 준비해야 한다는 사실을 어머니께 말씀드리기가 참 어려운 일이었다. 형편을 뻔히 알기 때문이다. 망설이다가 말했더니 어머니가 걱정하지 말라며 아침에 선생님 도시락까지 싸놓으셨다. 그 후 우리의 형편을 알게 된 선생님이 그걸 얼마나 민망해하셨던지.

선생님은 수업이 끝나면 채점을 하고 가라며 자주 나를 남게 했다. 그래서 두어 시간 정도 우리들의 시험지 채점을 하고 나면, 선생님께서 도서실로 데리고 가서 나에게 책을 고르게 했다. 그리고 교무실에 가서 점심 때 나눠주고 남은 옥수수빵을 갖고 나오셨다. 어떤 때는 한 개, 어떤 때는 두세 개. 그걸 신문지에 둘둘 말아 싸주시며 집에 가서 먹으라고 하셨다. 부피가 커진 책가방을 들고 한 손에는 얼른 읽고 싶은 마음에 책을 펴들고, 집을 향해 가는 발걸음은 가볍고 신나기만 했다. 그때 차라도 한 대 지나가면 한동안 뽀얀 먼지가 신작로를 뒤덮었다.

집에 도착해서 동생들과 옥수수빵을 나눠 먹었고, 등잔불 밑에서 코밑이 새까매지도록 빌려주신 동화책을 읽었다. 그때 읽었던 동화들은 나에게 문학적 감성을 더욱 키워주었고, 선생님의 따뜻한 모습은 나에게 선생님이 되고 싶다는 소망을 갖게 했다. 희망을 가질 수 없을 정도로 열악한 환경 속에서도 꿈을 잃지 않았던 것은, 그렇게 따뜻하고 내게 관심을 가져주신 선생님 덕분이다. 그런데도 선생님께 그 은혜를 갚지 못했다. 사는 게 뭐가 그리 급하고 빠듯하던지…….
그런 것 또한 나만을 생각하는 욕심 때문이었던 것 같다. 선생님께 너무도, 너무도, 죄송하다. 그리고 부끄럽고 가슴 아프다.

선생님이 영안실에 누워 계신 병원 불빛이 보이자, 갑자기 가슴이 답답하고 울컥거려 견딜 수 없었다. 장례식장은 생각 외로 조용하고 한산했다. 선생님의 영정을 뵈니 눈물이 주르르 흘러내린다. 먹먹해지는 가슴으로 어지럽기까지 했다. 헌화를 하고 묵념을 드렸다. 선생님, 진작 찾아뵈었어야 했는데, 이렇게 게으르고 성의 없고 무심한 못난 제자를, 용서해주세요, 속으로 그 말만 되뇌었다.

이제 선생님을 다시는 뵐 수 없다. 아쉬움과 죄스러움이 가득하여 주체할 수 없이 눈물이 흐른다. 주위에 어떤 제자도 눈물을 흘리거나 흘린 흔적이 있는 제자는 없다. 그렇다고 해서 그들이 선생님을 생각하는 게 나보다 적어서는 아닐 게다. 나와 같이 선생님과의 특별한 추억이 별로 없거나 있더라도 나보다 덜 감성적이어서 참고 있는 것이리라. 나도 몇 명의 학생에게라도 기억나는 선생이 되어야 할 텐데, 그렇지 못한 것 같아 이래저래 부끄럽기만 하다.

자정이 훨씬 넘어 집으로 돌아오는 길, 고속도로의 차량은 내 슬픔과 상관없다는 듯 무심하게 흐르고 있었다. 선생님의 목소리가 선명하게 들리는 듯하고, 나를 향해 웃어주던 모습 또한 선하다. 그리고 내 어깨를 두드려주시던 다정한 손길의 감촉까지도 여전하다.

제2부

# 자람

# 빰 두 대



종로6가에 있는 헌책 골목 2층 다다미방, 손바닥만 한 작은 창문을 열면 오른쪽으로 이대부속병원 올라가는 길과 동대문이 보이던 곳, 창밖으로 보이는 공간은 거무튀튀하게 어둑했었다. 그 다다미방 2층 안방 안쪽에 몸 하나 겨우 누일 만큼 작은 방, 안방을 장롱으로 막은 방 같지도 않은 방에 나는 세 들어 살았다.

칼국수를 파는 고모네 가게에서 배달을 하고 부엌일을 거들면서, 창덕여고에 부설된 격주로 출석하는 통신고등학교에 다녔다. 내가 주로 하는 일은 칼국수를 배달하는 일이었다. 겨울이면 손발이 얼어 터지고 피가 나도 묵묵히 그 일을 했다. 거기에는 따뜻한 마음으로 살펴주시는 고모와 고모부가 계셨기 때문에, 힘들고 고단했지만 그 일을 하며 살아갈 수 있었다. 내 월급은 고스란히 어머니에게로 보내서 동생들 학비에 보태게 했고, 나에게는 고모부가 따로 용돈과 학비를 대주셨다. 그래도 가끔씩은 너무 힘들어 도망치고 싶을 때가 있었다. 그러면 용케도 두 분이 눈치를 채고 나를 달래곤 했다. 그때 내 나이 스무 살이었다.

날씨가 추워지기 시작하면 칼국수 가게는 더 잘되었다. 고모와 고모부의 고생은 나보다 몇 곱절 더했다. 가게에 딸린 작은 다락방에서 추운 겨울을 보내던 고모의 얼굴은 늘 빨갛게 얼어 있었고 내 손처럼 고모 손도 터지고 갈라졌다. 그런 모습을 보고 고모부는 늘 미안해서 헛기침만 했었다. 그렇게 돈을 벌어 고모부는 동생들을 가르쳤고 시집 장가를 보냈다. 고모부의 막내 여동생이 나보다 한 살 어렸는데, 근처에 있는 혜화여고에 다녔다. 그 여동생이 가게에 들르면 고모부는 꼭 용돈을 손에 쥐여주셨다. 그러고 나면 물론 나에게도 용돈을 주시곤 했다.

"숙아, 네가 인생을 살다가 힘들 때 내가 꼭 힘이 되어줄게."

고모부는 나를 정식으로 학교에 보내주지 못하는 게 마음에 걸리셨나 보다. 여동생의 교복 입은 뒷모습을 망연히 쳐다보는 나에게 말했었다.

어느 해 추운 겨울날이었다. 근처의 등산복 가게에 칼국수를 배달했는데, 가게 주인은 마침 손님이 많아 물건을 파느라 금세 먹지 못했던 모양이다. 나중에 와보라는 전화가 와서 갔더니 다 불어 터진 국수를 가져왔다고 소리를 지르며, 느닷없이 내 뺨을 때렸다. 아까 손님이 많아서 그런 것 같은데 무슨 부당한 짓이냐고 따졌더니, 한 대 더 뺨을 쳤다. 분하고 억울해서 나는 국수 그릇을 가게 바닥에 확 엎어버렸다. 내 성질이 그때도 만만치 않았던 모양이다. 주인은 내게 치우라고 소리치고, 나는 왜 때리느냐고 소리를 질렀다. 고성에 놀란 근처 가게 사람들이 몰려왔다.

나는 등산복 가게 주인 손에 잡혀 고모네 가게로 끌려갔다. 그는 두 분 앞에서 상황을 설명했다. 자기가 한 짓은 빼고 다짜고짜 불어 터진 국수를 보냈고, 그걸 내가 쏟아버렸다는 것이다. 이야기를 듣던 고모부가 빨개진 내 뺨을 보고 얼굴이 왜 그러냐고 물으셨다. 나는 울지도 않고 등산복 가게 주인을 똑바로 쳐다보며 차근차근 설명했다. 고모부의 인자한 얼굴에 금세 노기가 가득해졌다.

"당신 같은 사람에게 다시는 국수 안 팔 테니 빨리 꺼져!"

고모부가 소리쳤다. 목에 힘줄이 불거지도록 큰 소리였다. 평소에 온화하기만 했던 고모부의 모습과 사뭇 다른 모습에 우리는 물론 구경하던 주위 사람들 모두 놀랐다.

등산복 가게 주인이 돌아가고 나자, 고모는 울었고 고모부는 내 어깨를 다독여주었다. 그리고 그날도 또 말씀하셨다. 인생은 길고 길다고, 그 긴 인생길에서 도움이 필요할 때 꼭 도와주겠노라고. 지금도 고모부의 다정했던 음성과 손길을 고스란히 느끼고 있다.

결혼하고 유아교육을 공부해서 어린이집을 개원하게 되었을 때다. 단돈 100만 원밖에 없었던 나는 고모부에게 필요한 자금을 부탁했다. 고모부는 두말도 하지 않고 당시 성남에서 집 한 채 사고도 남는 2,200만 원이라는 큰돈을 고모부 집을 담보로 빌려주셨다. 그 돈으로 나는 어린이집을 개원했고, 그게 언덕이 되어 조금씩 살림이 나아졌다. 어느 정도 가정경제가 넉넉해지자 오랜 숙원이던 문학을 공부하기 위해 마흔 살의 나이에 다시 대학에 입학했다. 오늘의 내가 있게 된 것은 순전히 우리 고모부 덕분이다.

춥고 힘들었던 종로6가 2층 다다미방에서 꿈을 키운 지 30년 후, 지난날을 웃으며 말할 수 있었다. 그 뺨 두 대는 지금 생각해도 속상하다. 그러나 그것도 이제는 훈장처럼 내 삶을 반짝거리게 하는 에피소드일 뿐이다.

# 그는 어떻게 되었을까

내가 열여덟 살의 나이로 마산에 있는 한일합섬에 다닐 때였다. 집안 사정으로 고등학교 진학을 못한 나는 어머니와 가족에 대한 원망이 컸고 세상에 대한 불만도 있었다. 그러던 나에게 나 혼자만의 삶을 살아볼 수 있는 기회가 왔다. 당시 마산에 살고 있는 막내 삼촌 친구가 소개하여 그곳으로 가게 된 것이다. 마산에 있는 한일합섬에 다니다가 다음 해에 한일여고에 입학하는 게 나의 목표였다. 생산직 사원으로 탁한 공기 속에서 일하는 게 쉽지 않았지만, 나에게는 목표가 있었기 때문에 묵묵히 살아갈 수 있었다.

그러던 어느 날 자재과 사무실에서 나를 불렀다. 그리고 나에게 몇 가지 질문을 했다. 그 후로 나는 자재과 사무실에서 근무하게 되었다. 생산 라인에서 함께 근무했던 사람들의 부러움을 받으며. 행운이라면 큰 행운이었다. 사무직원이 되자 일단 작업복부터 달랐고 붙이고 다니던 이름표도 달랐다. 생산직원으로 있을 때 머리에 썼던 스카프는 사용하지 않게 되었다.

근무한 지 며칠이 지나 업무를 대략 익히게 되었을 때, 나에게 자주 시선을 주는 어떤 청년을 발견했다. 경상도 사투리를 약간 쓰면서 단정하게 생긴 남자였다. 시간만 나면 늘 책을 보았고 나와 눈이 마주치면 꼭 빙그레 웃었다. 나는 딱히 싫은 건 아니지만 그렇다고 좋은 것도 아니었다. 무관심하면서 약간 거부감 같은 게 있었다고 하는 게 맞을 거다. 그 이유는 어렸지만 내 목표를 향해 달려야 한다는 중압감 때문이었을 것이다.

자재 창고에 물건을 내려 가거나 정리를 하러 갈 때, 그는 자주 나와 동행했다. 그리고 창고 안에서 그는 나에게 빙그레 웃으며 말을 걸었고, 자재의 위치와 사용에 대하여 잘 아는 그에게 도움을 받곤 했다. 그는 친절하고 유순했다. 그리고 다정했다. 내가 묻지도 않았는데 개인적인 이야기도 해주었다. 방송대학에 다니는데 머지않아 출석 수업이라는 말을 했고, 나에게 공부를 더 할 생각이 없느냐고 묻기도 했다. 나는 이곳에 부설돼 있는 고등학교에 갈 예정이라고 했다. 그는 아주 좋은 생각이라며 활짝 웃었다. 잇속이 아주 고르고 눈이 서글서글하게 생긴 그였다. 그래도 그가 나를 좋아하는 거라고는 생각하지 못했다.

여름이 다가오는 어느 날이었다. 그와 함께 창고에서 자재 정리를 하게 되었다. 그곳은 그야말로 관계자 외 출입이 금지된 곳이다. 대략 정리가 다 되었을 때 그가 나에게 말했다. 이번 일요일에 뭐할 거냐고. 왜 그러느냐는 나의 질문에, 아이스크림을 같이 먹고 싶어서란다. 나는 그 말이 참 뜬금없다고 생각했다. 왜냐고 물었던 내 물음은 지금 생각해도 참 어설프고 모자란 것이었다.

"다음 주에 출석 수업 들어가요. 그러면 한동안 회사에 못 나와요. 그래서……."

그의 목소리에는 아쉬움이 묻어 있었다.

"시간 없는데요."

내 말에 그는 아무 말도 안 했다. 그리고 묵묵히 나머지 일을 하고 같이 창고에서 나왔다.

그 주간 동안 그는 골난 사람처럼 나에게 말을 걸지 않았다. 나를 보고 웃지도 않았다. 스물두 살인 그와 열여덟 살인 나의 성숙도가 그렇게 달랐다. 이제 생각하니 그가 나를 좋아한 것이었는데 그걸 몰랐으니 말이다. 혼자 자재 창고에 일을 보러 가서도 그를 떠올리지 않았던 것 같다. 그 후의 내 마음이 어떠했는지 생각이 나지 않는 걸 보면.

그가 출석 수업을 받고 다시 회사로 돌아온 것은 몇 주가 지나서였다. 얼굴이 조금 탄 듯하고 핼쑥해진 듯도 했다. 몇 주 만에 만난 그가 나를 보고 예전처럼 웃었다. 그리고 출석 수업이 어땠는지에 대하여 이야기도 했다. 혼자 자재 정리하기 힘들지 않았냐고도 물었다. 난 괜찮았다고 했다. 그것도 무덤덤하게. 솔직히 나는 신체적으로 정신적으로 늦됐던 것 같다. 그가 하는 말의 속뜻을 제대로 알지 못했으니까.

그가 나를 좋아한다는 걸 알려준 건 경미였다. 경미는 자재2과에 있는 나보다 두 살 더 먹은, 여고를 막 졸업하고 온 사람이다. 여름이 거의 막바지에 이른 어느 날 경미가 나를 불렀다. 그리고 나에게 말했다. 그가 나를 좋아한다고. 그러면서 울었다. 자기가 그를 좋아한 지 오래됐다며. 당혹감과 함께 스멀거리는 간지러움을 느끼며 경미의 어깨를 안아주었다.

그 후로 의도적으로 그를 의식하지 않으려 했고, 말을 걸어도 못 들은 체했으며, 자재 창고에도 함께 가지 않았다. 가끔 나를 향해 보내던 안타까움이 묻은 간절한 눈빛을 외면했다. 미성숙한 나로서는 그게 경미의 눈물을 이해하는 방식이었고, 그에 대해 별다른 감정이 없다는 걸 보여주는 거라고 생각했던 것이다.

그도 스물두 살밖에 안 된 순수하기만 한 청년이었다. 하루는 나에게 쪽지를 써서 살짝 내 책상에 놓고 나갔다. 이야기 좀 하자는 것이다. 그래도 나는 묵묵부답으로 일관했다. 그렇게 며칠이 더 가고 예기치 않은 일로 나는 회사를 그만두었다.

고향으로 올라와 있을 때 경미로부터 편지가 왔다. 내가 퇴사 후 월급과 퇴직금을 경미에게 받아서 보내달라고 했기 때문에, 내 주소와 도장을 맡기고 왔던 것이다. 퇴사자의 월급이 늦어진다는 것과 그가 나의 소재에 대해 물었다는 내용이다. 그런데 자기가 알려주지 못했다며 어떻게 하는 게 좋은지 내 의사를 묻고 있었다. 나는 답장을 보내지 않았고 경미는 소식이 끊어졌다.

사십몇 년 전의 일이 이렇듯 어제 일처럼 생각나는 건 가을 탓이다. 노랗게 물들어 창가에 걸린 한 폭의 풍경화 같은 은행나무 때문이다. 경미와 그는 어떻게 되었을까. 경미가 적극적으로 다가가 둘이 사랑하게 됐을까. 아니면 별 상관없는 타인으로 살고 있을까. 그도 혹시 한 번이라도 나를 떠올리고 있을까. 깊어가는 가을에 내가 이렇게 그를 한번 불쑥 떠올리듯.

내가 조금만 성숙했더라면 낭만적인 사랑을 한 번이라도 할 수 있었을 텐데. 그 시절의 미성숙이 아쉽다. 이런 감성도 가을 탓인가.

# 바이올렛, 첫 번째 이야기

화원에 갔다. 자꾸 무기력해지는 기분을 느낀 지 벌써 여러 날이다. 그 느낌에서 벗어나야 한다는 것을 알면서도, 깊은 나락으로 곤두박질치는 몸은 물먹은 솜처럼 무겁다. 내 의지로 일으켜 세우기가 힘들다. 안간힘을 쓰고 일어나 생각해낸 곳이 화원이다. 파란 식물을 보면 의욕이 생길 것 같아서다.

큰 도로를 가운데 놓고 화원이 주욱 양쪽으로 늘어서 있었다. 막바지에 온 겨울이 찬바람을 토해내며 거리를 에워싼다. 미닫이를 열고 들어간 화원 내부는 따뜻했고, 갖가지 작은 나무와 화초가 싱싱하게 자라고 있었다. 빨간색과 보라색의 시클라멘이 고혹적이다. 옆에 있는 동백나무에는 붉은 동백꽃이 소담하게 피어나고, 꽃봉오리가 한껏 부풀어 있는 철쭉이 시선을 끈다. 화원에는 이미 봄기운이 완연했다.

"이 시클라멘 어때요? 이 꽃 한참 가요. 예쁘죠?"

약간의 주름살로 보아 쉰을 조금 넘긴 듯한 여주인이 말을 걸었다. 그녀의 표정은 화원에 있는 꽃보다 더 고와 보였다.

"예쁘네요. 그런데 너무 고혹적이어서 좀 그래요."

내 말에 여인은 살짝 미소를 지으며 한쪽으로 비켜선다. 마음껏 구경하고 골라보란다.

관엽식물을 둘러보고 작은 소품들을 보다가, 꽃대가 튼튼하게 올라오고 있는 히아신스를 골랐다. 잎사귀가 건강해 보이는 페페도 하나 골라놓고 나니, 한쪽 구석에 놓인 바이올렛이 눈에 들어온다. 가까이 가서 보니 꽃대가 두어 개 올라오기는 했지만, 잎사귀가 얼어서 뭉그러져 있었다. 이 바이올렛은 왜 이렇게 되었냐는 내 말에 주인이 가까이 와 겸연쩍게 웃으며 말한다. 출입문 앞쪽에 놓고 깜빡했더니 얼었단다. 그래도 꽃대가 올라온 것이 대견하여 한참을 쳐다보았다. 그녀는 잘 자라기 힘들 것 같은데, 혹시나 하고 따뜻한 곳으로 옮겨놓았다는 거다. 이상스레 간신히 꽃대를 올리고 있는 바이올렛에 정이 갔다. 팔 거면 사겠다고 했더니, 햇볕이 잘 드는 창가에 놓으면 살지도 모른다며, 여인은 화분 두 개에 천 원만 내라고 한다. 천 원을 주고 바이올렛 화분 두 개를 샀다.

얼어서 잎사귀가 다 뭉그러진 바이올렛 화분 두 개, 페페, 히아신스, 마사토와 퇴비가 섞인 분갈이용 흙 한 포대를 샀다. 주인 여자는 몇 주 후에 오면 아주 튼실한 화초가 많을 테니, 또 구경하러 오라며 나를 배웅했다. 잎사귀가 얼어 뭉그러진 두 포기의 바이올렛은 힘든 삶을 살아가고 있는 나를 닮았다. 그 바이올렛을 보는 순간 가슴이 아팠던 건 그런 유사성 때문이었으리라. 내가 가져와 정성껏 보살펴 살려보고 싶었다.

바이올렛을 집으로 가지고 와서 햇볕이 가장 잘 드는 창가에 놓았다. 자세히 보니 뭉그러진 건 잎사귀뿐이 아니고, 꽃대도 밑동이 물러

버린 게 아닌가. 그런데도 살아날 것이라는 희망을 놓지 않았다. 아주 건강하고 싱그럽게 자라고 있는 페페, 붉은 꽃대가 튼실하게 올라오고 있는 히아신스, 바이올렛 화분 두 개 중에 자꾸 바이올렛에 애정이 간다. 뭉그러진 저 바이올렛을 꼭 살려놓고 싶다. 나도 의욕을 찾고 다시 열심히 현실을 살아내고 싶다.

열심히, 가만히 돌이켜보면 내가 열심히 살지 않은 날은 별반 없었던 것 같다. 그런데 요즘 병에 걸린 듯이 나른하고 무기력하다. 살다 보면 그런 날도 있겠지 싶다가도 이러다 삶의 끈을 놓아버릴지도 모른다는 생각이 불쑥 들 정도로, 위험하다. 누구라고 해서 삶이 신나기만 하랴. 누구라고 해서 날마다 힘들기만 하랴. 굴곡은 있기 마련일 텐데, 그걸 알면서도 몸은 자꾸 나락으로 떨어지는 느낌이 들었다. 그런데 저 바이올렛은 꽃대와 밑동까지 뭉그러졌는데도 가까스로 꽃대를 세우고 있지 않은가. 식물이 저렇듯 생명의 끈을 붙잡고 있는데, 만물의 영장이라는 사람이 삶의 끈을 놓는다는 건 아무래도 부끄럽다는 생각이 들었다. 그래서, 그래서, 다시 마음을 추스르고 현실을 열심히 살아봐야겠다고 다짐해본다.

창문으로 들어오는 햇살이 따사롭다. 밖에는 바람이 세차게 불어 창문이 덜컹거린다. 그런데도 햇살은 따사롭다. 봄이 멀지 않았다.

# 바이올렛, 두 번째 이야기

아침에 눈을 뜨자마자 창가로 갔다. 밤새 바이올렛에게 무슨 일이나 생기지 않았을까 궁금했기 때문이다. 남편이 중환자실에 있을 때에도, 나는 새벽 6시 반에 있는 면회 시간을 한 번도 놓친 적이 없다. 밤새 그에게 어떤 일이 생겼을지 궁금하고 걱정되었기 때문이다. 행여 조금이라도 나아졌을까, 의식이 깨어나서 나를 알아보지나 않을까, 혹시 어제보다 나빠졌으면 어쩌나. 면회 시간을 기다리기 위해 중환자실 앞에 서 있을 때에는, 늘 가슴이 두근거리고 조바심이 나서 몇 번이고 심호흡을 했었다. 바이올렛을 보기 위해 창가로 가는 내 마음이, 중환자실 앞에서처럼 심호흡을 할 정도는 아니었지만, 염려되고 궁금했으며 약간의 설렘도 있었다.

찬바람이 들어올까 방풍 테이프를 붙인 창가에는, 바람 한 점 못 들어와 거실과 같은 온도를 유지하는 듯했다. 따뜻하다. 보라색 바이올렛과 흰색 바이올렛은, 자그마한 플라스틱 화분에 심긴 채로 창가에 놓여 있었다. 예쁘고 넉넉한 도자기 화분으로 분갈이를 해 옮길까 했었는데, 혹시라도 변화된 환경을 낯설어하고 적응하지 못할까 봐,

화원에서 사 가지고 온 그대로 놓아두기로 했다.

남편이 중환자실에 있을 때 친지들이 그랬다. 왜 더 의료 시설이 좋은 큰 병원으로 옮기지 않느냐고. 내가 더 큰 병원으로 옮기지 않은 건 나름대로 생각이 있었기 때문이다. 일단 수술이 잘되어 조금씩 회복하는 기미가 보였고, 처음부터 과정을 지켜보고 수술한 의료진을 믿었기 때문이다. 더 큰 병원이나 좋은 시설도 좋지만, 옮기면서 혹시 일어날 변수를 염두에 두지 않을 수 없었다. 바이올렛도 그럴지 모른다는 생각이 들어, 나는 손 하나 대지 않고 애정 어린 눈으로 지켜보고만 있다.

가까이 가서 보니 보라색 바이올렛은 꽃이 하나 피었다. 고개를 살풋 숙이고 자그마한 꽃을 피워낸 것이다. 앙증맞고도 귀엽다. 꽃 아래 꽃망울이 몇 개 더 맺혀 있다. 대견하고 예쁘다. 잎사귀는 다 얼어서 죽고 두 개밖에 남지 않았는데, 올라온 꽃대는 힘이 있고 꽃까지 피워냈으니 말이다.

흰색 바이올렛은 전날보다 더 힘이 없어 보인다. 꽃대에 가만히 손을 대보니 흐물거리는 것이, 아무래도 심상치 않다. 그런데도 그 꽃대 끝에 꽃이 그대로 매달려 있다. 꽃 아래로는 보라색 바이올렛처럼 작은 꽃망울이 올망졸망 붙어 있다. 안쓰럽고 가엾다. 삐죽 나와 있는 줄기를 만져보니 힘이 조금 있는 듯하다. 줄기 하나만이라도 살아남으면 그 옆에서 새싹이 나오니까, 살 수 있을지도 모른다는 희망을 가져본다.

흰색 바이올렛이 보라색 바이올렛보다 더 얼었던 것 같다. 가엾다. 남편처럼 가엾다. 그래서 자꾸 눈물이 나오려고 콧등이 시큰거린다. 꾹, 꾹 눌러 참으며 흰색 바이올렛에게 말했다. 내가 지켜줄 테니 꼭 일어나라고. 보라색 바이올렛은 대견해서 정이 가고, 흰색 바이올렛은 가엾어서 정이 간다. 열 손가락 깨물어 안 아픈 손가락 없다는 부모 마음처럼, 바이올렛을 지켜보는 내 마음도 그렇다.

오후가 지나자 햇볕이 들어오는 자리가 바뀌었다. 다시 창가로 가 바이올렛의 자리를 옮겨주었다. 햇볕이 더 잘 들어오는 곳에 흰색 바이올렛을 놓아두고, 그 옆에 보라색 바이올렛을 놓았다. 따사로운 햇볕이 내리쬐는 창가는, 수줍은 듯 피어난 보라색과 흰색의 바이올렛으로 환하다. 몸이 튼실하지 못하면서도, 저렇게 고운 꽃을 피워낸 바이올렛이 대견하다.

남편의 몸 상태는 조금씩 회복되는 듯하다가, 별 진전을 보이지 않고 고만고만한 상태에 있다. 남편에게 바이올렛이 피었다고 하니까 나와서 한참 보더니, 빙그레 미소를 짓는다. 그의 미소가 바이올렛 꽃만큼이나 곱다. 온전치 못한 몸으로도 잘 웃는 게 고운 꽃을 피운 바이올렛 같다. 몸 성한 나는 찡그리는 날이 더 많은 것 같아 부끄럽다.

# 부지런한 며느리

올봄에 나는 부지런한 며느리가 되었다. 홑잎나물을 세 번 뜯어서 무쳐 먹었기 때문이다. 화살나무라고도 하고 참빗살나무라고도 하는 것의 새잎이 홑잎나물이다. 진달래꽃 필 때 잠깐 나오는 산나물이다. 뾰족뾰족 파란 새순이 나오기 시작해서, 며칠만 지나면 금세 펴버려서 먹을 수 없는 게 홑잎나물이다. 바쁜 봄철에 세 번이나 해 먹으려면 얼마나 부지런해야 할까. 그래서 옛날부터 홑잎나물을 세 번 뜯어 해 먹으면 부지런한 며느리라고 했나 보다.

남한산성의 봄은 양지꽃, 제비꽃, 현호색, 복수초, 노랑과 보라색의 각시붓꽃이, 뾰족뾰족 나오는 연두색 나뭇잎과 함께 어우러져 더할 수 없이 아름답다. 바람에 흔들리는 개별꽃은 나를 환영하는 듯했고, 지고 있는 진달래꽃 옆에는 살구색 철쭉꽃이 우아하게 피어나고 있었다. 들꽃을 보러 갔던 남한산에는 꽃뿐 아니라 홑잎나물도 새순이 올라오고 있었다. 꽃만큼 예쁘게, 아니 꽃보다도 더 예쁘게. 새의 부리처럼 나온 나물을 한 줌 또 한 줌 뜯기 시작했다. 메고 간 가방에 금세 가득 찼다.

고향 뒷산에는 홑잎나물이 많았다. 참을 수 없는 시장기를 달래기 위해 발갛게 피고 있는 진달래꽃을 따 먹으러, 학교가 끝나면 친구들과 함께 우르르 뒷산으로 오르곤 했다. 입술이 붉어지도록 진달래꽃을 한참 따 먹다 보면 시장기가 가시고, 연두색으로 피어나는 떡갈나무와 귀룽나무 잎새에 시선이 가곤 했다. 그러다 새순이 올라오는 홑잎나물을 발견하면, 누가 먼저랄 것도 없이 주머니에 한 가득 나물을 뜯어 넣었다. 그것도 성에 차지 않으면 너도나도 산을 내려가 소쿠리 하나씩 들고 왔다. 나지막하게 작은 나무에 어쩌면 그렇게 많은 새순이 돋던지, 금방 소쿠리에 가득해져서 친구들과 깔깔거리며 뒷산에서 내려왔었다.

그렇게 뜯어온 홑잎나물은 저녁 반찬이었다. 아니, 저녁밥이었다고 해도 과언이 아니었다.

어머니는 나물을 데쳐서 들기름과 깨소금을 넣어 무쳤다. 그리고 고추장 넣어 밥을 비벼주셨는데 밥보다 나물이 훨씬 더 많았다. 넉넉지 않은 양식이었고 더구나 춘궁기인 봄이었으니 말이다. 고소하면서도 풋풋한 홑잎나물과 쌀이 드문드문 섞인 보리밥을, 고추장에 비벼 먹노라면 부러울 것이 없을 정도로 맛있고 행복했다.

여동생에게서 전화가 왔기에 홑잎나물을 뜯어 왔다고 했다.

"언니, 생각나네요. 그 홑잎나물 넣고 비벼 먹던 밥, 나물이 더 많았지요? 후훗."

여동생도 그 맛을 잊지 않았나 보다.

"언니, 우리 동네 뒷동산에 홑잎도 그렇지만 잔대와 취나물도 많았지요?"

여동생도 나처럼 그 옛날을 잊지 않고 있었다. 모처럼 여동생과 전화로 고향 뒷산을 봄 풍경을 이야기하며 수다를 떨었다.

어머니께서 해주시던 대로 홑잎나물을 데쳐서 들기름과 양념을 해서 무쳤다. 딸애가 못 보던 나물인데 무슨 나물이냐고 물었다. 홑잎나물이라고 했더니 처음 듣는 이름이라며 젓가락을 댔다. 잎에 넣고 오물거리더니 맛이 독특하다고 했다. 약간 사각거리고 여느 나물처럼 넌출지지 않으면서 풋풋하단다. 밥에 나물을 이렇게 많이 넣고 고추장에 비벼 먹어보라고 딸에게 말했더니, 딸은 그냥 나물의 순수한 맛을 느끼며 먹고 싶다며 거절했다. 음식도 추억 따라 먹는 것 같아 슬며시 웃음이 나왔다. 온 식구가 홑잎나물이 맛있다며 잘도 먹었다.

그 후 두 번 더 홑잎나물을 뜯어다 해 먹었다. 그야말로 나는 올 봄에 부지런한 며느리가 된 것이다.

며칠 전 비가 오고 나서는 더 산이 푸르러졌고, 홑잎나물은 이제 다 펴서 먹을 수 없을 정도로 자랐다. 각시붓꽃과 피나물꽃 작은애기나리와 개별꽃 등도 지천이다. 들꽃을 보고 나뭇잎이 피어나는 것도 보고 산나물도 뜯고, 올봄은 어느 해 봄보다 더 바쁘고 즐겁다.

# 작은아씨와 언니 그리고 숙이

오래전부터 세웠던 여행 계획이 무산되었다. 그 시간을 만들기 위해 했던 노력이 아깝고, 설레었던 여행에 대한 기대를 저버리기가 아쉬웠다. 그래서 어머니와 함께 여행을 하리라 마음먹고 고향집으로 향했다. 근처에 살고 있는 고모도 따라나섰다.

고모와 고속도로를 달리면서 지난 이야기를 했다. 녹음이 짙은 나무와 풀을 보며 여름의 싱그러움을 이야기했고, 힘들고 고단해도 묵묵히 하루를 살아내는 사람들에 대해 이야기했다. 이미 돌아가신 분들 중에 그리운 이들을 이야기하기도 했다. 나는 나에게 특별했던 할머니를 그리워했고 고모는 할머니뿐 아니라 내 아버지와 삼촌 그리고 고모부를 그리워했다. 가끔 그리움이 묻은 한숨이 가만히 새어나왔고, 재밌던 추억거리를 떠올리며 웃기도 했다. 힘든 현실을 살아간다는 게 숭고한 일인 것 같다.

고향 마을에 도착했을 때 비는 그쳐 있었다. 어머니는 점심을 차리느라 분주했고 고모는 우물가에서 상추를 씻었다. 나는 앵두를 보러 뒤란으로 향했다. 두 그루의 앵두나무에는 앵두가 빨갛게 익어가고 있었다. 새악시 입술처럼 빨갛고 통통하며 앙증맞게. 앵두 한 알을 따서 입에 넣었다. 달콤하고 새콤하며 향기로웠다. 구름 덮인 하늘에 언뜻 파란빛이 보였다. 뻐꾹 뻐꾹 간헐적으로 뻐꾸기 울음소리가 들려왔다.

"숙아, 점심 먹자!"

고모의 다정하고 상큼한 목소리가 마루에서 들렸다. 내게 숙이라고 불러주는 분은 우리 고모뿐이다. 어머니도 이제 이름을 부르지 않는다. 에미라고 하신다.

점심을 먹고 나서 어머니께 부여 궁남지로 가서 연꽃을 보자고 했더니, 차멀미를 해서 가고 싶지 않다고 하신다. 그럼 청주로 나가서 구경하고 맛난 것을 먹자고 했더니, 그것도 번거로워서 싫다고 하신다. 전에는 어디를 가자고 하면 먼저 차에 오르던 어머니였는데, 어쩌자고, 어쩌자고 그러시는지 가슴이 아프고 눈물이 날 듯했다.

"작은아씨, 그냥 집에서 감자나 쪄 먹고 놀아요."

어디든 좋으니 나가자고 하는 고모에게 어머니가 하는 말이다. 어머니에게 고모는 작은아씨로 불린다. 팔순이 다 된 어머니가 칠순을 넘긴 고모에게 작은아씨라고 부른다.

"언니, 이렇게 구경시켜준다고 할 때 가요. 이런 기회 또 오기 힘들어요."

고모가 옷을 차려입으며 나섰다.

어머니와 고모를 차에 태우고 집을 나섰다. 어머니의 차멀미 때문에 멀리 갈 수는 없고, 고향 근처의 지역을 드라이브하기로 했다. 나무와 숲이 우거진 작은 도로는 한산하고 고즈넉했다. 하얗게 온 들판을 뒤덮고 있는 개망초꽃, 이제 막 꽃잎이 피어나고 있는 자귀나무,

푸르러지고 있는 모감주나무, 도로까지 손을 뻗치고 있는 구불구불한 칡넝쿨, 보라색 꽃이 피고 있는 땅싸리꽃, 온 산에 지천으로 피어 있는 허연 밤꽃들, 내 고향의 풍경은 아름답고도 정겨웠다.

"숙아, 강원도보다 더 좋다. 그치?"

막내 고모는 이렇게 고향이 아름다운지 몰랐다며 말했다. 고모와 어머니는 옛날이야기로 꽃을 피웠다. 어머니는 하얗게 핀 개망초꽃이 징그럽단다. 아무리 예쁜 들꽃도 농사짓는 어머니에게는 끝없이 돋아나는 풀일 따름이니 왜 안 그렇겠나. 어머니께 농사를 그만두시라고 했지만 땅을 묵힌다는 게 말이 되냐며 움직일 수 있을 때까지는 짓겠다고 하신다. 힘들지 않느냐는 말에 사람은 어머니 뱃속에서 나오면 다 힘든 거란다. 어머니는 철학자 같다. 하긴 파란만장한 삶을 산 어머니만 한 철학자가 어디 또 있겠는가. 몸소 체험하여 인생의 이치를 깨달은 어머니의 말은 모두 진리였다.

뒷좌석에 앉은 고모와 어머니의 옛날이야기는 계속되었다. 갓 시집온 어머니가 설거지하다가 그릇을 깨트리면, 고모가 얼른 나서서 자기가 깼다고 한 이야기, 아버지가 군대에서 휴가 나오면 어머니를 보러 집으로 가지 않고, 고모가 공부하는 학교로 먼저 가셨다는 이야기, 그렇게 좋은 우리 오빠라며 고모는 목멘 소리를 했다. 아버지에게 고모는 하나밖에 없는 여동생이지 않은가. 그러니 얼마나 예뻐했을까. 동생 수업 끝나기를 기다리며 학교 마당을 배회했을 젊은 아버지의 모습이 눈앞에 그려졌다. 어머니와 고모의 이야기가 들판에 핀 들꽃들보다 더 소박하고 아름다웠다.

집으로 돌아와 저녁을 먹은 우리는 마루에 앉았다. 앞 논에서 들려오는 정겨우면서도 서정적인 개구리 울음소리와 뒷산의 구구대는 산

비둘기 소리가 산 아래 있는 작은 우리 집을 에워쌌다. 고모가 노래를 하나 해보라고 나에게 주문을 했다. 어머니도 해보라고 부추겼다. 어머니와 고모에게 노래를 불러드렸다. 조두남 곡 〈또 한 송이 나의 모란〉이다.

모란꽃 피는 유월이 오면
또 한 송이의 꽃 나의 모란
추억은 아름다워 밉도록 아름다워
해마다 해마다 유월을 안고 피는 꽃
또 한 송이의 또 한 송이의 나의 모란

내 노래에 장단이라도 맞추듯 개구리 울음소리가 더 커졌다. 화단에 피었던 모란은 진 지 오래고 유월도 가고 있었다.

# 감성, 말랑말랑한 힘

비 오는 가을날은 쓸쓸했다. 단풍 든 느티나무에 내리는 가을비를 바라보며, 올려다본 하늘이 잿빛이라고 해서 더 쓸쓸한 것은 아니다. 오히려 커피 한잔을 간절하게 마시고 싶을 정도로, 감성이 오르르 살아나는 그런 쓸쓸한 날이었다.

"저기 느티나무에 단풍이 들었는데 잠깐만 창밖을 보세요."

수업 중에 뜬금없이 내뱉은 내 말에 학생들 몇은 창밖을 내다보고, 대부분의 학생들은 뜨악한 눈으로 내 얼굴을 쳐다본다. 아니, 뭐야? 하는 듯한 표정과 살짝 웃는 모습이다. 창밖에 느티나무가 어딨나 두리번대기도 한다. 저기 발갛게 물든 나무가 느티나무라고 했더니 몇은 이제야 알겠다는 듯 고개를 끄덕인다. 그래도 대부분의 학생들은 관심이 없다는 표정으로 나를 쳐다보고 있다.

지난주에 자작시를 한 편씩 써 오라고 과제를 내주었더니, 자연의 아름다움이나 사람 사이에서 느끼는 정을 소재로 한 시가 드물고, 현실의 고단함과 부담감을 소재로 한 시가 대부분이었다. 무엇보다 취업에 대한 부담감이 크고, 불투명한 미래 때문에 하루하루가 고달프기만 한 것 같았다. 그것이 현실의 고단함과 삶의 무게로 작용하여 그들을 지치게 만들고 있었다. 그래서 그런지 학생들의 얼굴에 웃음이 별로 없고, 자연의 변화에도 관심이 없다.

내가 저들만 했을 때도 그렇긴 했다. 불투명한 미래 때문에 무척 힘들었고 나날이 심드렁했었다. 그런 날들을 견디느라 얼마나 많이 울고 고뇌했던가. 학생들의 표정에서 지난날의 내 모습을 보며 일체감을 느꼈다. 쉬는 시간에 가만히 다가가 몇 친구의 어깨를 토닥거려 주었더니, 그제야 살며시 미소를 지었다. 나도 살짝 웃었다.

생각해보면 삶의 현실은 언제나 포슬포슬하거나 딱딱하고 척박한 땅 같았다. 문제는 그런 땅을 어떻게 말랑말랑하게 만들고 그곳에 씨앗을 심느냐는 것이다. 현실을 치열하게 도전적으로 살라는 말을 해줘야 할까. 그것도 중요하지만 그 전에, 삶의 터전을 말랑하게 만들어줄 감성이 필요하다고 말해주고 싶었다. 어떤 상황에서도 긍정적으로 생각할 수 있는 사고력과 생각한 것을 행동으로 옮길 수 있는 실천력도 함께. 어려운 일이기는 하겠지만 어렵지 않은 것 또한 없는 게 인생이니까.

"느티나무 다 봤어요? 이제 수업합시다."

내 말에 창밖을 향했던 얼굴이 정면을 향한다. 학생들의 얼굴이 약간 밝아진 듯하다. 아직도 밖의 풍경에서 눈을 돌리지 못하는 학생도 더러 보인다. 그냥 내버려두고 강의를 진행했다. 밖은 쏟아지는 가을비에 어둑해졌지만 내 마음은 조금씩 환해지고 있었다.

요즘 학생과 교수 사이는 예전과 많이 다른 것 같다. 지식 공급자와 수요자의 관계처럼 느낄 때가 자주 있다. 어쩌면 그렇게 인식하는 게 더 현실적일 것이다. 스승과 제자라는 돈독한 관계를 기대하기가 어려운 실정이니까. 나처럼 전임교수가 아닌 경우는 더욱 그러하다. 그런데도 나는 그런 관계로 인식하지 않는 덜떨어진 선생이다. 한 학기를 만나 수업을 하더라도 학생들을 제자로 생각한다. 아쉽게도 한 학기가 끝날 즈음에야 사제 사이라는 관계가 형성되지만.

아마도 몇몇 학생들은 앞으로 느티나무 단풍을 볼 때면, 가을비가 내리던 어느 가을날의 문학 시간을 기억하게 되리라. 조금 더 인심을 쓴다면, 조금 통통하고 예쁠 것도 없이 수수한 최 아무개라는 선생도. 그리고 어떤 일을 하더라도 그 전문적인 것에 '감성'이 접목돼야 할 거라고, 그것은 인문학에서 나오니 독서를 많이 하라던 조금은 낭랑한 목소리도.

어제 내린 가을비 때문에 오늘은 햇살이 더 맑고 따사롭다. 취업 문제와 불투명한 미래 때문에 마음껏 젊음을 누리지 못하는, 이 시대의 젊은이들에게 저 맑은 햇살이 위로가 되었으면 좋겠다. 처진 저들의 어깨를 따사로운 햇살이 가만가만 어루만져주었으면 좋겠다. 어떤 상황에서도 삶을 말랑하게 만드는 감성을 잃지 않도록…….

# 공짜 커피

학교에서 점심을 먹게 될 때면, 구내식당 옆에 있는 자판기에서 100원짜리 커피를 뽑아 마신다. 100원짜리는 '일반커피', 150원짜리는 '고급커피'라는데, 내가 마셔본 경험에 의하면 아무런 변별점 없이 맛이나 향이 똑같다. 그래서 나는 항상 100원짜리 일반커피를 선택한다. 그러나 동료들에게 커피 인심을 쓸 때는, 150원짜리를 뽑아주며 고급커피라고 너스레를 떤다.

엊그제는 가을의 문턱에서 부는 바람이 제법 쌀랑하고, 바람에 흔들리는 나뭇잎도 햇살에 빛나고 있어서, 점심을 먹고 난 후 교정을 혼자 천천히 거닐고 있었다. 호젓한 시간을 혼자 누리고 있으려니 커피 생각이 간절했다. 마침 잔디밭 맞은편에 커피 자판기가 눈에 띄었다. 반가운 마음에 얼른 가방을 뒤지는데, 그날따라 그 흔한 100원짜리 동전 하나가 없는 게 아닌가. 할 수 없이 천 원짜리 지폐를 꺼내 들고 자판기로 갔다.

지폐를 넣으려고 하는데, 일반커피와 고급커피 단추에 빨간 불이 들어와 있는 게 보였다.

그 아래 남은 돈이 900원이라는 숫자가 빨갛게 표기되어 있었다. 누군가가 커피를 뽑느라고 1000원을 넣었지만, 깜빡 잊고 잔돈을 가져가지 못한 것 같았다. 주변을 둘러보았다. 한쪽에서는 학생들 셋이서 캔에 든 음료를 마시고 있었다. 900원의 주인이 아니었다. 또 한쪽 나무그늘 아래서 학생들 둘이 담소를 나누고 있었다. 그들의 손에도 종이컵이 없는 걸 보니 900원의 주인은 아니었다.

슬며시 미소가 비어져 나온다. 공짜 커피를 마시게 되는 행운을 누리다니. 100원짜리 일반커피의 단추를 눌렀다. 찰칵 소리와 함께 이제 남은 돈은 800원이다. 종이컵이 내려오고 커피가 주르르르 수돗물처럼 쏟아진다. 작은 문을 열고 따뜻한 커피를 꺼냈다. 향긋한 커피 내음이 눈을 스르르 감기게 한다. 두어 모금 마시는데 저쪽에서 어떤 남자가 뚜벅뚜벅 걸어온다.

남자는 자판기 동전 투입구에 동전을 넣으려고 했다. 아, 선생님, 동전 넣지 마세요. 남자는 조금 뜨악한 눈으로 나를 쳐다보았다. 동전이 남았거든요. 그냥 뽑으시면 돼요. 그제야 의미를 알았다는 듯 남자의 얼굴이 환해진다. 남자는 고맙다며 빙그레 웃고 커피를 뽑는다. 일반커피다. 찰칵 소리와 함께 동전이 떨어지고 남은 돈은 700원이다.

남자는 저만치 떨어진 산수유나무 아래에서 커피를 마신다. 공짜 커피니까 조금이라도 기분이 좋으리라는 생각이 들었다. 조금씩 놀놀해지는 벚나무 잎새를 쳐다보며 커피를 한 모금씩 마시다 보니 어느새 거의 다 마셨다. 나는 여전히 커피 자판기 옆을 떠나지 못하고 있었다. 공짜니까 한 잔 더 마실까? 이때 나에게 인심을 써서 고급커피로 더 마실까. 조금은 유치한 생각을 하면서 말이다.

"어! 선생님! 커피 드셨어요?"

윤 선생이다. 식사 후 산책하다가 커피를 마시러 온 것 같다. 같은 전공 분야가 아니어서 가까이 지내는 편은 아니지만, 간혹 스치게 되면 인사 정도 나누는 사람이다. 30대 중반의 그녀는 싹싹하고 친절해서 스치기만 해도 기분 좋은 사람이다.

"내가 커피 살게요. 드실래요?"

"정말요? 좋지요. 선생님, 사주세요."

아주 즐거워하는 그녀에게 물었다.

"어떤 걸로 할래요? 아무래도 대접하는 거니까 고급커피로 해야겠죠?"

"아유! 아니에요. 100원짜리로 해주세요. 똑같은 걸요."

또 찰칵 소리와 함께 100원이 줄고 이제 600원이 남았다.

"고맙습니다. 이렇게 커피 대접을 받으니 아주 행복한 가을날이네요."

윤 선생이 무척 고마워하는 것을 보니 조금 속이 찔끔했다.

"사실은요, 저도 대접을 받았어요."

"네?"

그녀는 의아한 눈으로 나를 쳐다보았다.

"누군지 모르는 분이 사주는 거예요."

그녀는 그 큰 눈을 더 크게 떴다. 영문을 모르겠다는 표정이었다.

"자판기에 남아 있던 남의 돈으로 인심을 쓰는 중이라구요."

그제야 그녀는 빙그레 웃었다. 그녀도 나처럼 주위를 둘러보더니 아무래도 주인은 없는 듯하다고 했다.

아직도 자판기에는 600원이 남아 있었지만, 우리는 수업 시간이 되어서 그 자리를 떠났다. 산수유나무 아래 있던 남자 선생도 이미 그

자리에 없었다. 동전을 놓고 간 사람은 아마도 실수로 놓고 갔을 테지만, 뜻하지 않은 공짜 커피에 행복해한 사람들이 있었다는 걸 안다면, 그 실수가 행복한 실수가 되지 않았을까 싶다.

강의실로 들어가면서 생각했다. 나도 가끔은 커피 자판기에 동전을 남겨야겠다고. 그래서 알지 못하는 누군가에게 작은 행복감을 안겨주고 싶다고.

초가을 햇살만큼이나 내 마음이 따뜻해지는 날이었다.

# 햇살을 들이고 하늘을 들이고

병원에서 두 달 이상 생활한 적이 있다. 그때 생각한 것 중의 하나가, 평소에 내가 너무 많은 것을 소유하며 살고 있다는 것이다. 병원의 생활이라는 게 그것도 다인실에서 지낸다는 게, 처음에는 무척 불편했다. 필요한 물건이 많은데 그것을 산다 해도 놓을 자리가 마땅치 않았고, 한두 번 쓰면 말 것인데 산다는 것 또한 합당하지 않은 일이었다. 그래서 불편한 대로 지내다 보니, 아쉽지 않게 지낼 수 있는 방법을 터득하게 된 것이다. 작은 주스 병을 깨끗이 씻어 물컵으로 사용했고, 음료수가 담겼던 상자는 자질구레한 물건을 담아놓는 보관함으로 썼다. 가만히 보니 사람이 살아가는 데에 그다지 많은 물건이 필요치는 않다는 걸 느끼게 되었다.

그렇게 지내는 동안 병원에서의 생활이 꼭 불편하지만은 않았고, 집에 쓰지 않는 많은 물건들이 생각났다. 몇 년이 가도 한 번 입지 않았던 옷가지들, 컴퓨터에 들어 있는 원앰프 때문에 잘 쓰지 않는 큰마음 먹고 산 오디오, 야무지게 하지 못하는 살림 때문에 구석에 처박힌 그릇들, 버리기 아까워 그냥 둔 아이들이 쓰던 문제집과 참고서…….

이루 다 열거할 수 없을 만큼의 물건들이 생각나 나를 놀라게 했다. 사람이 살아가는 데에 꼭 필요한 물건은 그다지 많지 않으련만, 검소하다고 자처하던 나도 참 많은 것을 들여놓고 살고 있었다.

해마다 어머니께 겨울이 다가오면 제안하는 게 하나 있다. 겨울을 우리 집에서 함께 지내자고. 그런데 어머니는 거절하셨다. 그 이유는 간단한 데 있었다. 사위 때문에 불편해서가 아니고, 집 떠나면 무언지 개운하지 않아서도 아니다. 강아지 때문이었다. 시골에서 혼자 살면서 자연스레 나오게 되는 밥 찌꺼기를 처리할 겸, 적적하지 않게도 할 겸 기르게 된 강아지 밥 때문에, 어머니는 집을 비울 수 없다는 것이다. 엄마는 강아지가 나보다 더 중하냐고 어린애 같은 투정을 해봤지만, 말 못 하는 짐승을 배곯게 해서는 안 된다며 거절하셨다. 그 강아지 때문에 어머니는 동생네 집에 가서도, 하루 이틀을 편히 지내지 못하고 집으로 가신다는 것을 그때 알았다.

올봄에 어머니는 큰 개가 다 된 그 강아지를 작은집으로 보내셨다. 큰 개로 자라니까 사람보다 먹는 게 더 많다는 게 표면적 이유였지만, 속으로는 개를 챙기는 게 귀찮다는 생각이 들었던 모양이다. 그런데 처음에는 서운하고 적적하더니 이제는 편하다고 하신다. 장에 가서 놀다가 늦게 들어와도 상관없고, 밥이 없으면 개에게 먹이려고 일부러 해야 하는 번거로움이 없어 좋고, 다른 자식 집에 가서 며칠 계셔도 편하다고 한다. 그러면서 올겨울에는 특별한 일 없으면 우리 집에서 계시겠단다.

나도 이제 하나둘 버려야 할 것은 버려보리라 생각한다. 하루에 하나씩만 버릴 수 있다면 집이 무척 홀가분해질 것만 같다. 버려야 할 것을 알면서도 언젠가 쓰일지도 모른다는 막연한 생각에, 버리지 못

하는 물건들이 너무도 많다. 버려야 할 것은 비단 물건뿐이 아니다. 내 마음에 똬리를 틀고 앉아 있는 욕심을 더 먼저 버려야 할 거다. 이 욕심 저 욕심 들어차 있는 것을 하나하나 버려서 넓어진 공간에, 햇살을 들이고, 하늘을 들이고, 웃음도 들여놓고 싶다. 그리고 넉넉해진 내 마음에는, 사람들의 다양한 마음이 드나들 수 있도록 그냥 두면 좋을 듯하다.

불어오는 바람에 은행잎이 하룻밤 새에 많이 떨어졌다. 빽빽하던 잎이 떨어지고 나니 나뭇가지가 보인다. 나뭇가지 사이로 티 없이 맑고 푸른 하늘도 보인다. 가지에 붙어 있는 노란 은행잎이 햇살에 더 반짝여서 곱다. 떨어진 은행잎도 욕심을 버린 것 같아 아름답다. 나도 아름다운 사람이고 싶다. 버려야 할 것을 버릴 줄 아는 사람이고 싶다.

# 지금 그들의 얼굴은 잊었지만

그렇다, 지금 그 사람 얼굴은 생각나지 않는다. 하지만 깊은 밤중에 그가 넘기던 책장 소리는 아직도 귀에 쟁쟁하다. 손바닥만 한 창을 열면 이대부속병원과 동대문이 보이는, 종로6가의 헌책 골목 2층 다다미방. 내가 살고 있던 방은 집주인이 쓰던 안방을 장롱으로 막아, 내 몸 하나 겨우 누일 정도로 작았다. 그는 나와 벽을 사이에 둔 작고도 작은 방에 살았다. 솔직히 방이라고 할 수조차 없는 방과 방 사이에 있는 틈새와 같은 공간이었다. 두 사람이 간신히 누울 정도의 크기였다. 그는 그 방에서 작고 예쁘장한 어떤 언니와 살림을 차리고 살았다. 결혼식을 올리지 못하고 동거 생활을 하고 있던 그와 언니. 나는 그들에게 편하게 오빠 언니라고 불렀다. 물론 얼굴을 보고 이야기를 나눌 수 있는 날은 거의 없었다.

둘이 간신히 몸을 뉠 수 있는 작은 방에서, 그들은 어떤 꿈을 키우며 살았을까. 당시 내 나이가 스무 살 정도였기 때문에 거기까지 생각하지는 못했지만, 지금 생각하면 둘의 사랑은 아름다울 수 있어도 생활은 지독하게 어려웠던 것 같다. 그러나 그들의 삶이 그때나 지금이

나 비관적으로 생각되지 않는 것은, 깊은 밤에 넘기던 책장 소리 때문이다. 나도 밤이면 공부를 하느라 늦도록 책장을 넘겼는데, 그럴 때마다 옆방 그의 책장 넘기는 소리가 들리곤 했다.

한번은 저녁에 집에 돌아오니 그들이 저녁을 먹고 있었다. 나를 보더니 언니가 들어와서 같이 밥을 먹자고 했다. 그도 자꾸 들어오라고 해서 마지못해 방으로 들어갔다. 내가 들어가니 몸을 움직이기 힘들 정도로 방이 작았다. 밖에서 보는 것과 또 다르게. 지금도 작은 방이나 공간에 들어가면 불쑥 그들이 살던 작고도 작았던 그 방이 생각난다. 그리고 그들이 살던 모습이, 실루엣만 남은 그 모습이, 떠오른다.

나는 결혼을 하고 2년 동안 시댁에서 살다가, 분가해 살게 되었다. 그때 우리가 처음으로 살았던 방도 가게 딸린 작은 방이었다. 부엌이 없는 아주 작은 방. 가재도구도 없이 책장 하나만 가지고 와서 그 위에 책 몇 권과 아이들 옷을 얹었고 장난감을 놓았다. 이불은 비키니 옷장을 하나 사서 거기에 넣었다. 그 작은 방에서 딸애를 낳았고 아들과 딸을 키웠다. 작은 방에, 더운물이 나오지도 않고, 부엌도 없는 곳에서 살았지만, 생활에 대한 불평은 하지 않았던 것 같다. 꿈을 이루지 못하는 것에 대한 갈급함은 있었을지라도.

그로부터 30년이 흘러, 쉽지는 않았으나 내 꿈을 이루었고, 그때와 비교할 수도 없는 좋은 환경 속에서 큰 부족함 없이 살고 있다. 그런데 가끔 종로에서 살던 집이 생각난다. 두 사람은 어떻게 되었을까, 찾으려야 찾을 수 없는 그들, 손에서 책을 놓지 않는 오빠였으니까 잘됐을 것이고, 마음씨 착한 언니였으니까 둘이 행복하게 살겠지, 하는 막연한 믿음과 궁금증이 생긴다. 꿈틀대는 그리움까지도.

올봄에는 유난히 결혼식이 많다. 친구들이 며느리나 사위를 보는 것이다. 그들의 자녀 결혼 이야기를 듣다 보면 한숨이 나온다. 우리 아이들을 어떻게 결혼시키나 싶어서 말이다. 방 한 칸에서 신혼살림을 시작하는 게, 불만스럽기보다는 오히려 당연하게 생각되던 지난날이, 이제 옛날 또 옛말이 되어버렸다. 딸아이의 혼수가 걱정되고 아들의 살림집이 걱정된다. 나는 이제 겨우 내 꿈을 이루고 내 집을 마련하게 되었는데, 정작 내 자식들에게는 해줄 게 아무것도 없으니 말이다.

며칠 전에 딸아이가 물었다. 살림집 못 얻어주는 집으로 시집가도 되느냐고. 방 한 칸에서 시작해도 둘이 사랑하면 된다고 했더니, 딸은 엄마 맞느냐고 했다. 아들이 결혼한다고 해도 나는 보통 억대가 넘는 살림집을 마련해줄 형편이 못 된다. 그러니 딸이 결혼한다고 해도 다르지 않다. 현실 감각이 없는 어미라고 탓해도 할 말은 없다.

요즘 지난날이 자꾸 생각난다. 그들과 내가 살았던 종로의 작은 방, 부족한 게 많았지만 꿈 하나만 가지고 시작했던 무모하지만 아름답고 순수해 보였던 그들의 결혼 생활, 밤이면 책을 읽으며 미래를 꿈꾸던 오빠, 착한 언니, 지금 그 사람들의 얼굴은 잊었지만 삶의 모습은 잊히지 않는다. 모든 걸 갖추고 시작하려는 요즘의 결혼 문화를 생각하면 더욱더.

# 그럴 수 있을까

서른두 살짜리 아들이 이제 대학교 3학년이 된다. 휴학한 지 10년 만에 다시 학교로 돌아가는 것이다. 아들은 작년에 전역한 후 곧 복학이 되리라 생각했었다. 그런데 복학할 수 있는 연한이 넘었기 때문에 재입학만 가능한데, 그것도 결원이 생겨야 할 수 있다고 했다. 우리의 계획과 다르게 작년 두 학기 동안 결원이 생기지 않았고, 아들은 학교로 돌아갈 수 없었다. 그때의 실망은 아들도 나도 컸다. 군대 생활하는 동안 세워놓았던 계획이 수포로 돌아갔으니 말이다. 그런데 이번 봄 학기에 재입학 허가가 났고 어제 등록을 마쳤다.

아들은 10년 만에 학교로 돌아가려니 설레는 모양이다. 가방을 하나 사야 한다는 둥 노트를 몇 권 사야 한다는 둥, 옷은 너무 노티가 나 보이지 않느냐는 둥 말이 많다. 그보다 입시학원의 강사 일을 그만두라고 했더니, 재료비가 만만치 않아서 그걸 그만두면 엄마가 힘들 거라며, 학원 강의 시간을 줄여 그냥 한단다. 마음껏 작업하고 과제 할 수 있는 시간을 써야 하는데 마음이 개운하지 않았다. 그러지 말고 성적 올릴 생각을 하라고 했더니, 아들은 엄마한테 의지하지 않고 학교에 다니고 싶단다.

아들이 공부를 다시 할 수 있게 된 것이 다행스럽다. 경제적으로는 부담이 갈 테지만, 공부를 마치지 못하니 일하는 데서도 불이익이 따랐던 모양이다. 그런 것을 감수하면서 일을 계속했던 아들은, 재입학 허가에 무척 다행스러운 눈치다. 어떻게 하든 학업을 마쳐야 한다는 생각으로 조급했나 보다. 학교 문제를 물을 때마다, 알아서 한다며 약간 신경질적으로 대답을 한 것을 보면.

대학 새내기들처럼 아들은 들떠 있다. 적극적으로 학교 생활을 할 것처럼 보인다. 아들이 학교를 그만두게 된 것은, 학교에 대한 만족도가 떨어졌기 때문이다. 학교에 만족하지 못하고 재수를 시켜달라고 했을 때, 나는 너 할 나름이지 왜 학교 탓을 하느냐며 윽박질렀다. 그런 상태로 학교 생활을 제대로 하지 않더니, 끝내 자퇴를 하고 말았다. 성적도 물론 엉망이었다. 이제 공부에 전념하겠다고 한다. 모교에 대한 자긍심 또한 높아졌다. 10년을 외유하면서 나름대로 느낀 게 많은 모양이다.

군대 다녀온 학생들이 열심히 공부하는 모습을 목격하니 마음이 놓였다. 군에서 생활하던 그 정신으로 공부하면 일등도 할 수 있으리라. 서른두 살의 나이에 어린 동급생과 공부하려면 애로 사항도 있을 테지만, 아들은 학생 신분으로 돌아간다는 것만으로도 신나는 것 같다. 배우는 데에 무슨 나이가 상관이 있겠는가. 아들은 어제부터 흥얼거리거나 학교 홈페이지에 들어가보며 좋아한다. 전에 나는 아들의 생활 태도나 사고가 마음에 들지 않았다. 너무도 자유로운 영혼을 가진 것처럼 행동하여, 미울 적이 많았을 정도로.

생각하면 나는 엄마의 자격이 부족했다. 더 참고 기다려주고 아들을 믿어주었어야 했는데,

내 생각과 다른 아들의 삶의 방식이 참으로 이해하기 어려웠다. 지금이라고 해서 크게 달라진 것은 아니지만. 아무튼 내가 더 적극적으로 아들이 공부할 수 있도록 배려했다면, 일정 부분은 달라졌을 것 같다. 그러나 그 당시 나대로 경제적으로나 심적으로 힘들었다. 그걸 참고 희생하는 게 엄마로서의 본분이었을 텐데, 이성적으로만 판단하고 아들에게 좋은 엄마 노릇을 못한 것 같다. 나이를 먹을수록 엄마 노릇하기가 힘들다.

이기적이라고 야단쳤고, 아들로서의 역할에 충실하지 못하다고 질책했고, 아무리 예술을 한다고 해도 너처럼 제멋대로인 애는 처음 보았다고 소리쳤고, 그렇게 살다가는 언제 네 꿈을 이루겠느냐고 닦달했고, 친구들은 취직하고 결혼하고 출산까지 하는데 너는 뭐하고 있냐고 다그쳤고, 차라리 그림을 그만두고 공무원 시험 준비나 하는 게 낫겠다며 섣불리 충고했고, 야단치고 잔소리하고 불신했다. 나는 참으로 못되고 나쁜 엄마다. 무슨 말을 해도 묵묵히 더 지켜봐달라고 하소연하던 아들을 외면했기 때문이다. 그게 나는 부끄럽고 또 속상하고 화난다.

따뜻한 햇살이 창문을 뚫고 들어와 방 안에 가득 찬다. 저 햇살처럼 환하게 웃으며 학교 생활을 기대하는 아들, 10년 만에 학교로 돌아가는 아들에게, 이제 나도 제대로 된 엄마가 되어주고 싶다. 그럴 수 있을까.

# 추억은 미화되는 것인가

아프고 힘들었던 지난날들이, 이제는 대부분 아름다운 추억으로 생각되는 요즘이다. 이틀 동안 깊은 밤에 방영되었던 '세시봉 특집'을 보며, 우리 또래의 많은 이들이 그랬듯이, 나도 가슴이 아릿해지고 눈물이 핑 돌았다. 그들의 노래를 듣고 부르며 젊은 시절을 보냈고, 아픔과 슬픔을 그들의 노래를 통해 달래기도 했다. 특히 오랜만에 텔레비전에 나온 이장희 씨의 노래와 이야기를 듣는데, 나는 그만 함께 시청하던 아이들 몰래 눈물을 흘리고 말았다. 그것은 열일곱 살 소녀였던 나의 지난날 때문이다.

고등학교에 진학하지 못한 나는, 열일곱 살에 공장에 직공으로 취직하여, 고급 양말에 수놓는 일을 했다. 작은 올을 세어가며 수를 놓는 일은 시신경을 피곤하게 했고, 어깨와 손목이 너무도 아파 힘이 들었지만, 동생들 학비와 가족의 생계를 위해 내가 해야만 하는 일이었다. 하루가 힘들고 지루하기만 했던 그 작업장 안에서, 유일한 위안은 흘러나오는 노래를 듣는 것이었다. 그때 스피커를 통해 나온 게 이장희 씨의 노래였다. 〈그건 너〉 〈자정이 훨씬 넘었네〉 등. 매일 같은 노래가 계속되었던 걸 보면, 녹음기를 통해 테이프를 종일 재생시켰던 모양이다.

힘들었고 추웠고 배고팠다. 그리고 늘 슬펐다. 한 달에 한 번 노는 날 집에 다녀오면 더 슬프고 눈물이 났다. 가난한 살림을 목격하고 인정해야 하는 현실이, 나를 더욱 암울하고 힘들게 했다. 어머니나 할머니가 아프거나 동생들 학비 때문에 쩔쩔매는 어머니의 모습을 보고 온 때면, 이 가난과 고통의 끝이 어디일까 싶어서 혼자 울었다. 대부분의 친구들이 월급 타는 날 옷을 사고 구두를 사도, 나는 거의 모든 월급을 집으로 보냈다. 그것이 아깝고 약 오르는 게 아니라, 내 꿈을 언제 펼칠 수 있을지 모르는 현실이 힘들고 답답하기만 했다.

그런 복잡한 마음들을 꾹꾹 찍어 누르고 다스리면서, 월요일에 출근하여 양말에 수를 놓으면, "자정이 훨씬 넘었네 도대체 잠은 안 오네"로 시작되는, 〈자정이 훨씬 넘었네〉가 흘러나오곤 했다. 그 노래에 나오는 가사처럼, 밤새 고민해도 풀 수 없는 문제들을 안고 열여덟 살이 되고, 열아홉 살이 되고 또 스무 살이 되었던 나다. 스무 살의 나이에 늦깎이 여고생이 되자 작은 끈 같은 희망을 안고 그 후에 오는 고난들을 헤쳐나갔던 것 같다.

라면 세 개로 일주일을 견디던 날들도, 불기 하나 없는 냉방에서 겨울을 나던 날들도, 꿈을 펼칠 수 없는 그 암담했던 슬픔의 날들도, 많이 울고 많이 힘들었던 지난 그날들이 이제 추억이 되었다. 때로는 웃으면서 때로는 아름답게 이야기할 수 있는 추억이.

친구와 내가 자취하던 옆방에는 같은 공장에 다니던 청년이 살고 있었는데, 나보다 서너 살 위여서 오빠라고 불렀다. 그의 방에서는 밤마다 기타 소리가 들렸다. 한번은 친구와 함께 옆방으로 놀러 갔었는데 그의 기타 반주에 맞춰, 김세환 씨가 부른 〈옛 친구〉라는 곡을 함께 부르기도 했다. 지금 그의 얼굴과 이름은 전혀 생각이 나지 않지만, 기타 코드를 잡던 긴 손가락과 약간 고개를 갸웃하고 반주하던 옆모습만이, 윤곽으로 남아 있다. 그때도 무척 추웠는데, 들창 틈새로 스며드는 바람에 문풍지가 파르르 떨렸다. 그 오빠도 '세시봉 특집'을 보았을까. 그랬다면 김세환 씨의 노래를 들으며 옛날 생각을 했을까?

추억은 대부분 미화된다고 한다. 그 말이 맞는 것 같다. 죽을 것처럼 힘들었던 날들도 지금 생각하니 아름답다. 치열하게 산 날들이 아름답고, 열악하기 그지없는 환경에서도 꿈을 키운 것이 아름답고, 벌컥벌컥 물을 마시며 허기를 달랬던 날들도 아름답다. 물을 마시며 보았던 티 없이 맑은 하늘도, 슬프던 그 하늘도, 지금은 아름답다. 심지어 그날들이 그립기도 하다.

아름다운 그날과 시간들을 떠올리는데, 왜 자꾸 눈물이 나는지는 모르겠다. 참 이상한 일이다. 가슴이 먹먹해지면서 자꾸 눈물이 흐른다. 추억은 아름다우면서도 눈물 나게 하는 것인가 보다.

# 첫날밤

첫돌, 첫사랑, 첫 만남, 첫 출근, 첫 월급, 첫날밤 등등, 처음이라는 의미가 붙어 있는 말은 누구에게나 특별할 것이다. 그 중에 남자들에게는 전역한 첫날밤도 그럴 것 같다.

어제 10월 4일 아들은 22개월의 군대 생활을 마치고 전역했다. 낮에 집에 온 아들을 나는 저녁에 일을 마치고 나서야 만났다. 아들의 전역 전날 밤 나는 결혼하는 전날 밤처럼 잠이 오지 않았다. 마음 졸이며 바라고 기다리던 날을 코앞에 두고, 하도 잠이 오지 않아 몸을 뒤채다가 새벽녘에야 조금 잤다. 아들이 집에 도착하는 시간까지 긴장을 풀지 못하는 나에게, 딸은 조바심이 심하다고 핀잔을 했다.

늦은 군대 생활을 하게 되었던 아들은, 그림을 그리는 사람들이 대부분 그렇듯이 감성적이다. 작은 것에 감동하고 또 작은 것에 분노하는, 감정의 기복 또한 심한 아이다. 그래서 나는 더 긴장하고 걱정을 많이 한 것 같다. 전화 목소리가 조금만 가라앉아 있어도 걱정이 되었다. 군대 생활 하는 동안에 일어났던 크고 작은 사건 사고들, 뉴스에서 소식을 듣고 볼 때마다 얼마나 긴장했는지 또 모른다.

지난주 말년 휴가 왔을 때 아들에게 말했다. 운전 사고 같은 것도 꼭 목적지에 다다르면 나는 경우가 많은데, 그것은 긴장이 풀리고 정신이 해이해져서 그런 거라며, 군대 말년에 더 조심하고 긴장해야 한다고 했다. 집에 돌아오는 날까지 절대로 군기 빠지면 안 된다고 신신당부했다. 아들은 잘 알고 있다며 걱정 말라고 했으나, 나는 집에서 아들을 만나는 순간까지 긴장하고 걱정했다. 그렇게 노심초사한 결과 나는 원형탈모까지 생겼다.

아침에 머리를 빗다가 앞부분이 훤한 것 같아서 살펴보니, 머리가 동전처럼 동그랗게 빠져 있는 게 아닌가. 아주 맨질맨질하지는 않았지만 상당 부분의 머리가 빠졌다. 딸을 불러서 보라고 했더니 망설이지도 않고 원형탈모라고 한다.

예비역이 된 아들을 안고 한동안 등을 쓰다듬었다. 아들도 나를 꼬옥 안고 고생하셨다고 한다. 이산가족이라도 만난 것 같다고 딸은 빈정댄다. 그래도 가족들의 얼굴에는 미소가 가득하다. 우리는 아들 전역을 축하하는 외식을 하기로 했다.

저녁 식사를 하며 아들은 많이 피곤하다고 했다. 이유는 잠을 못 잤다는 것이다. 군대 말년이 되면 밤 근무를 서지 않고 편하게 지내는데, 전역하기 전날 밤에 경계 근무를 섰다는 것이다. 후임병들이 하루만이라도 편히 자게 하려고, 동기생이랑 둘이 자원해서 근무를 섰단다. 아들이 임의대로 동기생도 같이 자원하는 것으로 처리하는 바람에, 동기생은 억지로 근무한 격이지만 즐거운 마음으로 했다고 한다. 전역하는 군인들에게 그런 관례가 남게 되지 않겠냐고 했더니, 그렇더라도 그렇게 해주고 싶었다고 한다. 후임병을 생각하는 마음을 보니 철이 든 것 같아 대견스러웠다.

저녁 식사를 마치고 집으로 와서 담소를 나누다 잠자리에 들었다. 그런데 또 이상하다. 잠이 오지 않는 것이다. 새벽 1시가 되어 아들 방을 보니 아들도 잠을 못 자고 있었다. 전역 첫날밤이어서 설레느냐고 물었다. 아들이 빙긋 웃었다. 전날 근무 서느라 잠을 못 잤는데도 잠이 오지 않는단다. 전역하고 집에서 맞는 첫날밤도 색다르리라. 덩달아 나도 잠이 오지 않았다.

오늘 아침 햇살이 유난히 눈부셨다. 어제까지 비가 올 듯하던 하늘은 맑게 개었고, 방 안 깊숙이 들어온 햇살이 너무도 맑다. 눈 뜨자마자 가만히 손을 모으고 기도했다. 앞으로 펼쳐질 아들의 인생도 오늘 아침의 햇살처럼 눈부시기를…….

# 열등감에서 벗어나기

자존심과 열등감은 비례하는 것 같다. 열등감이 강한 사람은 자존심도 강하기 때문이다. 다른 사람은 그만두고 나 자신을 생각해봐도, 그것은 상당히 타당성이 있다. 물론 열등감이 나쁘다는 이야기를 하자는 건 아니다. 가만히 생각해보면 나에게 있는 진취성이나 성취욕 같은 것은, 대부분 그 열등감에서 벗어나기 위한 방편이었기 때문이다.

학교에 입학하기 전에 이미 나는 국어 교과서의 내용을, 앵무새처럼 줄줄이 외고 있었다. 그것을 신기하고 대견하게 생각한 삼촌이, 마실 온 동네 아저씨 아주머니들에게 자랑을 하는 바람에, 어른들이 둘러앉은 가운데 내가 시범을 보인 일까지 있다. 흐릿한 호롱불 아래 한 아저씨가 국어책을 펼쳐 들었다. 호기심 가득한 얼굴로 나를 쳐다보는 어른들 앞에서, 눈을 지그시 감고 나는 책을 외우기 시작했다. 책장 넘기는 소리와 어린 나의 낭랑한 목소리. 거 참! 허허! 간혹 내뱉는 어른들의 감탄사. 그렇게 한참 흐른 다음 마지막 구절이 끝나자 박수가 터졌다. 의기양양한 얼굴로 호탕하게 웃어대던 삼촌이 나를 끌어안아주고, 마을 어른들은 신동이라도 났다는 듯 감탄사만 연발했다. 이제 학교에 가면 일등은 따놓은 당상이라는 둥, 잘만 키우면 아들 못지않겠다는 둥, 이런 저런 치하를 들으며 그날 밤이 깊어갔다. 특별한 오락거리가 없는 시절이었다.

다음 날부터 만나는 마을 사람마다 책을 외워보라며, 나를 불러세우기 일쑤였다. 그러나 나는 사실상 글자 한 자도 알지 못했다. 앵무새처럼 외워서 재잘거릴 뿐이지, 그야말로 '가'자도 읽거나 쓸 줄 모르는 아이였다. 심지어 내 이름조차 쓰지 못했다. 하지만 동네 어른들의 칭찬과 호기심 어린 관심에, 나는 우쭐했다.

최초로 열등감을 느꼈던 때가 초등학교 입학했을 때이다. 교실에 들어간 첫 시간에 선생님이 자기 이름을 쓰라고 했다. 당황스러웠다. 가만히 둘러보니 모두 고개를 숙이고 공책에 이름을 쓰고 있었다. 그때 느꼈던 당황스러움은 열등감으로 다가왔다. 가슴이 쪼그라드는 것도 같고 얼굴이 화끈거리며 부끄럽기도 했다.

집에 가자마자 큰 소리로 울었다. 삼촌과 할머니가 이유를 물었다. 누가 때렸는지, 선생님께 꾸중을 들었는지, 오다가 무서운 걸 만났는지, 나름대로 추측을 하면서 내게 물었지만 나는 대답을 할 수 없었다. 아무런 말도 하지 않고 한참 동안 속이 시원해질 만큼 울었다. 친구들 대부분이 더구나 옆집에 사는 상희까지도 이름을 쓰는데, 나는 쓰지 못해서 자존심이 상했다는 말을 하지 못했다. 나에게 배우기를 좋아하는 사람이 되도록 등을 밀어준 것은 그때 느낀 열등감이었다. 삶의 순간순간마다 나를 긴장하게 만들었고, 아울러 좀 더 나은 나의 모습이 되도록 밀어주었다.

그 후에도 산골아이인 내가 면 소재지에 있는 중학교에 입학했을 때, 촌스러운 내 모습과 비교해 세련돼 보이던 동급생들로부터 심한 열등감을 느꼈다. 사회에 첫발을 내디뎠을 때도 그와 비슷한 느낌을 받았고, 심지어 우리 형편보다 조금 더 나은 남편의 가정 형편에도 열등감을 느꼈다. 문학에 뜻을 두고 불혹의 나이로 다시 대학에 입학했을 때에, 젊고 당당한 학우들로부터도 심한 열등감을 느꼈고, 하고 싶은 공부를 제때에 하고 있는 딸아이로부터도 나는 열등감을 느꼈다.

그것은 나를 깊은 우울함의 나락으로 떨어뜨리기도 했지만, 다시 나를 의욕적으로 나아가도록 몰고 가는 힘을 가지고 있었다. 열등감에서 벗어나야겠다는 생각이 나를 지배하게 되면, 나도 인식하지 못했던 초능력이 나오는 것 같았다. 힘들고 지난한 삶 가운데서도 내가 지탱할 수 있는 것은 바로 그것 때문이다. 이대로 무너지거나 흐트러지면 안 된다는 위기감과 자존심이, 삶의 굽이마다에서 만나는 어려운 상황을 이겨내게 한 것 같다. 외적으로 나타나는 열등감에서 벗어나기 위해 최선을 다해 살고, 내적으로 나타나는 열등감에서 벗어나기 위해 나는 글을 썼다.

그러나 가끔씩은 여전히 열등감이 나를 휩싸고 있어서 힘들게 한다. 지극히 평범하면서 행복하게 사는 이웃의 아낙네를 볼 때, 학문의 깊이와 적당한 권위를 가진 선생님들을 볼 때, 열악한 환경 가운데서도 맑은 웃음으로 사는 젊은이를 볼 때, 무한한 가능성을 가진 젊은 문학도를 볼 때, 세계적으로 이름을 떨칠 정도로 좋은 작품을 쓰는 문인들을 볼 때, 나는 열등감을 느낀다.

열등감에서 벗어나는 방법도 안다. 그것은 최선을 다해 내 앞의 문제를 해결하며 열심히 사는 것이다. 남과 비교하지 않고 말이다. 비교하는 순간부터 비루하고 초라해지므로.

# 새 식구



우리 집에 새 식구가 하나 늘었다. 새 식구가 생겼다고 하면 모두 아이들이 결혼하느냐고 묻는다. 그건 아니다. 결혼 적령기에 이른 지 오래돼 이제는 지나고 있는 두 아이는 아직 결혼 생각이 없는 것 같다. 그나마 새로 들어온 식구 때문에 위안이 된다.

요즘 우리는 즐겁다, 그 새 식구 때문에. 엊그제 새벽에 일어나 거실로 나간 나는 깜짝 놀랐다. 거실 소파에 생면부지인 그 아이가 누워 있었기 때문이다. 연한 크림색의 피부는 고왔고 살결은 보드라워, 살짝 손을 대본 나는 금세 친밀감을 느꼈다. 까맣고 작은 눈은 약간 겁을 먹은 듯 보여, 토닥거리며 괜찮다고 미소를 살짝 지어주었다. 그러자 곧 마음이 편해진 듯 까만 눈으로, 나를 말끄러미 쳐다보았다. 그 모습이 참으로 귀여웠다. 키는 자그마해서 딸애보다 약간 작고 앙증맞았다.

어떻게 우리 집에 온 것일까. 직접 물어볼 수가 없어 혼자 곰곰이 생각해보았다. 도대체 알 수가 없어 궁금증이 커가고 있을 때 날이 밝았고, 잠에서 깨어난 아들이 거실로 걸어 나왔다. 눈짓으로 아들에게 어떻게 된 거냐고 물었다. 아들은 피식 웃으며 부엌으로 간다. 내 짐

작대로 아들이 데리고 온 것 같았다. 따라가서 다시 또 물었다.

"어떻게 된 거니?"

"왜, 싫으세요? 예쁘잖아요."

냉장고에서 물을 꺼내 마시던 아들이 의미 있는 미소를 띠고 말했다.

"그래, 예쁘긴 하다만 웃기잖아. 그리고 싫지도 않아. 귀여워."

"예쁘면 됐죠, 뭐."

아들은 멋쩍은지 물을 벌컥벌컥 마셨다.

"야아, 그래도 어떻게 우리 집으로 오게 됐는지 말해봐아."

"아이 참, 엄마두. 그냥 그렇게 됐다니까요."

"그런 게 어딨니? 무슨 일이야, 응?"

나는 궁금해 견딜 수가 없었다.

추궁 끝에 얻어낸 건 시답잖았다. 신촌에서 벽돌 격파하기 게임을 했는데, 벽돌 열 장을 깬 사람에게 주는 선물이었다는 것이다. 물컵을 내려놓은 아들이 벽돌을 깨다가 실수를 해서, 손등이 부었다며 보여주었다. 오른손 중지와 무명지 사이가 한껏 부풀어 있었다. 어이가 없었다. 나이가 몇인데 그런 짓을 하고 다니느냐고 핀잔을 주자, 피식 웃더니 소파에 앉아 있는 그 아이를 번쩍 안아 올렸다. 그리고 볼에 뽀뽀를 했다. 그 아이는 그날부터 우리 식구가 되어 함께 살게 되었다.

우리는 그 아이에게 이름을 지어주기로 했다. 곰돌이, 요돌이, 예삐, 해피, 귀염이, 소담이, 돌돌이, 미소 등등, 여러 가지 이름이 거론되었지만 우리는 '곰식'으로 정했다. 곰 인형이니까 '곰'자를 따고 수컷이니 '식'을 따서, '곰식'이로 부르는 게 어떻겠냐고 하자 아들이 좋단다. 그런데 문제가 생겼다. 새미가 곰식이라는 이름이 싫다는 것이다.

"왜 싫어? 귀엽잖아. 곰식이."

"곰숙으로 해욧!"

"뭐? 하하하하 곰숙이가 뭐야. 곰식이가 낫지."

"엄마 이름 끝 자를 따요, 히힛."

웃기는 새미다. 그럼 곰미라고 하라니 그건 싫단다. 이 말 저 말 끝에 내가 지은 곰식이로 결정되었다.

곰식이는 우리 식구가 되었다. 밥 먹을 때도 꼭 우리들 옆에 앉아서 우리가 먹는 것을 쳐다보고 있고, 새미는 한 숟갈씩 곰식이에게 밥을 먹인다. 가끔은 내가 반찬을 먹이기도 한다. 텔레비전 볼 때는 내 품에 안겨 있고, 잠잘 때는 대부분 아들이 팔베개를 해서 재운다. 우리는 가끔 곰식이에게 말을 걸기도 한다. 그래놓고 쿡쿡거리며 웃는다. 새미가 전화를 걸면 꼭 곰식이는 뭐해? 라고 묻는다. 그리고 키득거리며 우리 식구가 요즘 다 이상한 거 아니냐고 한다. 이 사실을 남들이 알면 이해 못 할 것 같다며.

"이해 못 하거나 말거나지 뭐. 근데 참 웃기긴 하다. 그치? 하하하."

수화기 건너편에서 새미도 하하 웃는다. 곰식이가 들어오고 우리는 더 많이 웃는다. 곰식이는 누워 있는 모습도 귀엽고, 앉아 있는 모습도 귀엽다. 가끔은 내가 내던져서 푹 고꾸라졌을 때가 있는데, 엉덩이를 높이 든 그 모습 또한 아주 웃긴다. 그 모습을 보고 우리 식구들은 박장대소를 한다.

새 식구 곰식이가 들어온 우리 집 날씨는 맑음이다. 강아지를 키우고 싶었는데, 건사하는 게 만만치 않아서 못 하고 있었다. 얼른 아이들이 짝을 하나씩 데려오면 더 좋을 게 없을 듯한데, 아직도 그건 먼

일 같다. 아들은 결혼 생각이 없다고 하고, 딸은 결혼 안 하고 사는 것도 좋을 것 같다고 하니 말이다.

인형 치료법을 임상실험 했는데 결과가 아주 긍정적으로 나왔단다. 실제로 일본에서는 인형 치료법을 많이 쓰고 있단다. 환자에게 심리적인 안정감을 주고 친밀감을 느끼게 해 정서적으로 좋은 영향을 끼친단다. 그 말이 맞을 것 같다. 우리가 요즘 그러니 말이다. 사람에게서 느껴야 할 것을 인형에게서 느낀다고 생각하면 좀 씁쓸하지만.

제3부

# 아픔

# 봄 앓이

어린 시절, 나는 봄이 되면 한차례씩 병을 앓았다. 미나리가 파릇하게 돋아나고, 노란 단추처럼 민들레가 피어날 꼭 이맘때였다. 지금도 봄이면 어김없다. 병의 정도가 가볍고 무겁기는 하지만.

겨우내 아궁이에서 쳐내놓은 고운 재에, 인분을 섞어 만드는 뭇자리 거름 냄새가 따사로운 봄볕과 함께 마당 가득 퍼지던 날. 몸에 한기를 느끼면 마당에 쪼그리고 앉아 있었다. 양지바른 마당 한쪽에 앉아 기운 없는 몸을 봄볕에 쬐고 있노라면, 암탉은 병아리들을 데리고 모이를 쪼느라 분주했고, 종달새는 푸른 하늘을 가로질러 날아갔다. 바지랑대 높이 받친 빨랫줄에서는 눈이 부시도록 하얀 옷가지가 좋은 볕에 마르고, 대문 옆에 길게 누운 검둥이는 자는 듯 있다가, 작은 인기척에 눈을 떴다 다시 감았다. 텃밭에는 노랑나비 흰나비가 장다리꽃에 앉아 꿀을 빠느라 나풀대며 날았다.

너무 아파서 학교에 가지 못했던 날, 봄날의 오전은 너무나 길고 지루했다. 학교에서 돌아올 동생들을 기다리며, 조붓한 고샅을 돌아나가 한길 저쪽으로 목을 빼보기도 했고, 할머니와 어머니를 기다리며, 산자락에 있는 밭으로 고개를 돌려보기도 했다. 할머니와 어머니의 옷자락만 희끄무레하게 보일 뿐, 가물가물해지며 아뜩해지는 기분을 참지 못해, 다시 방으로 간신히 들어와 몸을 누이면, 천길만길 아래로 가라앉는 듯한 기분을 느끼며 잠이 들곤 했다.

한참 후에 깨어보면, 아니 한참이 지난 것 같아 벽시계를 보면, 겨우 5분이나 10분이 지나 있을 뿐이었다. 큰 공 같은 게 내 몸을 짓누르는 듯한 가위 눌림에 몸을 부르르 떨던 그때의 암담함과 나른함. 지금도 봄볕이 좋은 날이면 왠지 그 아픈 기억이 먼저 떠오르고 소름이 오르르 돋아난다. 한기마저 느끼게 되면 정말 병이 난 게 아닐까 싶어 나도 모르게 옷자락을 여밀 정도로 고스란히 기억 속에서 재생되는 암담함과 나른함이다.

점심때가 되어서야 밭에서 돌아온 어머니는 어린 미나리순을, 생으로 초고추장에 무쳐 점심상을 차려주셨다. 미나리나물과 고추장을 넣어 비빈 보리밥을 달게 드시던 할머니가 내게 한입 넣어주어도, 나는 입맛이 돌지 않아 도리질을 쳤다.

"뭐라도 먹게시리 해줘봐라."

안타까워하는 할머니의 말에, 어머니는 애쑥을 뜯어 쑥개떡이나 쑥버무리를 만들었다. 나는 그것을 먹고야 간신히 기운을 차렸었다. 쑥이 약이 되었던 모양이다. 그 후로 쑥개떡과 쑥버무리를 좋아하게 된 듯하다.

양지꽃과 냉이꽃이 노랗고 하얗게 피던 밭둑길. 그 길을 따라 할머니가 드실 새참을 내가노라면, 할미새와 박새들이, 막 연록의 잎새를 피워내는 오리나무 가지에서 소란스럽게 지저귀었다. 쟁기로 논밭을 가는 농부들의 소몰이 소리에, 빨간 찔레순이 자라나 가슴을 설레게 하고, 발 아래 밟히는 질경이 어린 순이 가엾어 움찔거리기도 했다. 이마에 흐른 땀을 닦는 할머니의 굵은 손마디가, 어린 마음인데도 가슴을 아릿하게 했으며, 할머니와 함께 먹던 새참 국수는 무척이나 달고 맛있었다.

"앓고 나니 밥맛이 좋제?"

빙긋 웃으며 내 국수 그릇에 드시던 국수를 덜어주시던 할머니. 나도 아무 말 않고 빙긋 웃었다.

"많이 먹어라. 어서어서 쑥쑥 커야지."

지금도 쟁쟁한 할머니의 음성이 들리는 듯하다. 한차례 앓고 나서 입맛이 돌면, 몸도 마음도 한 뼘씩 자라곤 했다.

교정의 벚꽃이 꽃망울을 터뜨리지 못해 몸부림을 치더니, 어제는 온통 다 활짝 피어서 그야말로 흐드러졌다. 몸부림을 치는 벚꽃망울을 쳐다보는 것이 너무 가슴 아파, 차라리 터져버리는 게 나을 것 같다는 생각을 하며, 그 옛날 어린 시절의 봄을 떠올렸다. 터질 듯 터질 듯 몸살을 앓는 꽃망울처럼, 성숙하기 위해 나도 그렇게 봄 몸살을 앓았나 보다.

꼭 이맘 때, 열 살 남짓한 소녀 시절 그때, 내게는 사랑을 듬뿍 받고 자라던 봄날이 있었다. 내 고향 산자락에 오리나무와 참나무 새잎이 돋아나고, 할미새와 박새 그리고 참새들이 지저귀던 곳. 논밭 둑에 양지꽃과 냉이꽃이 피어나고, 미나리 어린 순과 쑥이 자라나던 곳. 농부들의 소몰이 소리가 맑은 하늘에 메아리치던 곳. 할머니와 어머니가 쏟아주신 사랑이 내 기억 속에 여전하듯, 고향의 그 정경도 지금 여전할까. 봄 앓이를 하던 그날처럼.

# 그리운 시절, 그리운 사람들

집 안을 정리하다 사진첩을 꺼내보았다. 어느새 색깔이 조금 바랜 사진은 나를 추억의 시간 속으로 끌고 들어간다. 불과 엊그제 같은 그 시간 속의 이야기가 봄날의 새싹 돋듯 하나씩 새록새록 떠오른다.

포플러나무에 등을 대고 사진 속에서 웃고 있는 나는 지금의 새미보다 더 어려 보인다. 가만 보니 여고 때 사복을 입고 찍은 사진이다. 아주 연약하고 호리호리해 보이는 사진은, 결혼 직전에 남편과 함께 백곡 저수지에 놀러갔다가 찍은 것이다. 곱슬머리의 그이는 멋을 부려 포즈를 취하고 있다. 이제 보니 빠지는 곳 하나 없이 잘생긴 그이다. 그런데 나는 왜 한 번도 잘생겼다는 생각을 하지 못했을까.

뒤적거리다 내 시선이 오랫동안 머문 곳은, 우리 결혼 때 양가 온 가족들이 함께 찍은 사진이다. 35년 전의 양가 식구들이 사진 속에 박제된 듯 서 있다. 살며시 미소 짓는 얼굴이 있는가 하면, 대부분은 어색한 듯 무표정하다. 감색 양복을 입은 그이, 웨딩드레스와 면사포를 쓴 내가 그이의 팔짱을 끼고 있다. 우리 뒤에는 우리 결혼식의 주

례를 맡아주신 시당숙어른이, 근엄한 표정으로 서 계신다.

당시에 고급 공무원이었던 시당숙어른은 인품이 참 좋으셨는데, 이제는 돌아가신 지 20년이 되어간다. 집안 행사에 만나면 "새애기야, 새애기야"라고 불러주시던, 다정하고 예뻤던 시당숙모님도 몇 년 전에 당숙어른의 뒤를 따라가셨다. 나에게 늘 따뜻하게 대해주셨던 그이의 고종사촌 누님도, 작년 가을에 이른 나이에 세상을 떠났다. 세상을 떠나기 며칠 전에 통화하면서, 내 동생 잘 보살펴줘서 고맙다며 울먹이던 누님이었는데, 이제 그 목소리를 들을 수 없다. 시댁 당고모님도 돌아가셨고 큰아버님과 재당숙어른도 돌아가셨다. 무엇보다 그이의 옆에 나란히 서 계신 시부모님도, 돌아가신 지 35년이 넘었다.

아버지가 일찍 돌아가셔서 시아버님을 무척 따랐고, 아버님 역시 나를 더없이 귀여워하고 아끼셨다. 첫애를 가졌을 때 퇴근길에 사 온 포도를 슬쩍 내 방에 넣어주시고, 내 생일날 아침에 일찍 읍에 나가 소고기와 미역을 사 오시던 아버님, 저녁을 해놓고 퇴근하는 아버님 마중을 동구까지 나가면, 아버님이 타고 오시던 자전거에서 내려, 같이 이야기 나누며 집으로 들어오곤 했었다. 그뿐인가. 마루에 앉아 하모니카를 같이 불기도 했다. 어머님은 내가 들어오자 아버님의 퇴근 시간이 빨라졌다며 웃으셨다. 그이가 나보다 좀 기울다고 생각하셨던 어머님은, 조금이라도 그이에게 소홀한 것 같으면 필요 이상으로 나를 혼내셨고, 그 때문에 힘들고 속상해서 울기도 많이 울었는데, 지금 생각하면 어머님의 그런 마음도 충분히 이해가 된다.

우리 친정 식구들 가운데도 이미 만날 수 없는 분들이 많다. 내 옆에 서 계신 나를 무척 사랑해주신 우리 할머니, 할머니를 아프게 했지만 말년에는 자매같이 지낸 작은할머니, 두 분은 앞줄 내 옆에 나란히

서 계신다. 지금의 나보다 훨씬 젊었던 작은아버지 두 분과 둘째 작은어머니, 언제나 나의 버팀목이 되셨던 고모부 두 분이 뒷줄에 보인다. 내 바로 뒤에는 멋지고 훌륭했던 큰외삼촌이 빙긋 웃으신다. 외가에 갈 때마다 가장 먼저 들르게 되던 대고모할머니가, 합죽한 입을 다물고 큰외삼촌 옆에 보였다. 어머니의 고모인 대고모할머니. 어린 시절 외가에 가게 되면 그 길목에 사시던 할머니가, 눈물 가득한 눈으로 나를 쳐다보곤 하셨다. 그때는 그게 참 싫었는데 지금 생각하면, 일찍 혼자 된 조카딸을 보는 고모의 심정이 오죽했으랴 싶다. 지금은 다 이해할 수 있고 살갑게 해드릴 수 있는데, 이제는 만날 수 없는 그리운 사람들이다. 사진 속의 얼굴들을 떠올리면 모두 추억이 있고 보고픈 분들인데, 실제로는 만날 수 없다는 사실이 가슴을 휑하게 한다.

중학생이었던 사촌 동생은 이제 어엿한 가장으로 50의 나이가 되었고, 육촌 형님의 품에 안겨 있는 조카도 결혼한 지 몇 년이 됐다. 지금의 내 나이보다 훨씬 젊은 나이의 어머니는 분홍 한복을 입고 두 할머니들 옆에 서 계셨다. 큰딸을 시집보내는 어머니의 마음은 어떠셨을까? 아마도 시원했다기보다는 서운하고 허전했을 것 같다. 나를 남편 삼아 친구 삼아 살았다고 하신 말씀을 생각하면. 그런 어머니의 심정도 모르고, 결혼하면 새로운 세상이라도 열릴 줄 알고 꿈에 부풀었던 나, 그것도 불과 엊그제 같은데 강산이 몇 번이나 변하고 말았으니…….

그리운 시절, 그리운 사람들이다. 머무르지 않고 흐르는 세월 속에서 이제 소중한 순간을 놓치지 않으리라. 더 이해하고 더 사랑하면서 욕심 없이 살아가야 하리라. 영원할 것 같은 날이 영원하지 않다는 걸 이제는 알므로.

# 청춘의 특권

요즘 내 나이 또래 사람을 만날 때 자주 회자되는 이야기가 아이들 결혼이다. 성장한 자녀가 있는 나도 관심이 지대하다. 그런데 의견을 내놓으면 의아해한다. 너무도 세상 물정 모른다는 거다.

먼저, 신혼집 문제다. 아들을 가진 부모들이 가장 힘들어하는 게 신혼집 마련이란다. 집을 사주거나 적어도 전세를 얻어주어야 하는데, 집값은 물론 전세금도 너무나 올랐다. 더구나 지금 자녀를 결혼시키는 부모들은 대부분 베이비붐 세대의 사람들이기 때문에, 그 어렵고 힘든 세월을 살아내느라 변변히 노후 대책도 안 돼 있는 경우가 많다. 그래서 아들을 결혼시키려면 조금 준비해놓은 노후 자금을 내놓을 수밖에 없단다. 내 생각에는 신혼집 마련부터 형편에 맞게 했으면 좋겠다. 집을 사거나 전세면 어떻고 원룸이면 어떠하며 사글세면 어떠한가 말이다. 그건 결혼하는 당사자가 해야 할 일이라고 생각한다. 부모님에게 기대는 캥거루족이어서는 바람직하지 않다. 부모가 재력이 있어서 해줄 수 있어도 상관이 없을 것이다. 그리고 결혼 당사

자인 남녀가 함께 마련해도 좋을 것이다. 단지, 의식의 문제다. 남들처럼 하고자 하는 의식을 버려야 한다. 자기 삶을 주도적으로 살아가는 건전한 의식을 가져야 되지 않을까 말이다.

다음은, 혼수 문제다. 이 또한 형편껏 준비하는 게 맞다. 남과 비교하거나 보이기 위해 혼수를 마련하는 것은 옳지 않다. 꼭 필요한 것만 소박하게 준비하는 게 좋다. 혼수 문제로 혼사가 깨지는 경우를 가끔 보게 되는데, 이것은 성숙한 사람이 할 짓이 아니라는 생각이 든다. 부끄러운 것은 남에게 자랑할 혼수가 아니라, 성숙한 사람이 되지 못한 것이어야 하는데 말이다. 이 또한 생각의 차이라고밖에 말할 수 없다.

마지막으로, 결혼식 비용의 문제다. 시어머니와 신부가 생각을 달리하면, 결혼식 비용이 현저하게 줄어든단다. 결혼식 날 한번 입는 웨딩드레스라고 해서, 너무 비싸고 화려한 드레스를 입는 것이 바람직할까. 화려한 꽃 장식을 하고 신부 화장을 하며, 고가의 예식장을 사용하여 연봉과 맞먹는 예식장 비용을 몇 시간에 쓰고, 남에게 보이기 위한 결혼식을 하는 문화를 어떻게 이해해야 할까. 꼭 초대해야 될 분들만 모시고 단출하면서도 의미 있는 결혼식을 하면 어떨까. 이 또한 생각하기 나름이라는 생각이 든다.

이렇게 이야기하니 나에게 세상 물정 모르는 사람이란다. 나에게는 모두 가능할 것만 같은데, 그건 이상일 뿐이라고 헛웃음을 웃는다.

아들과 딸을 불러놓고 이야기했다. 앞으로 결혼 준비는 스스로 하고 비용 또한 도와줄 수 없다고. 신혼집 문제는 교제하는 사람이 생기면 둘이 상의해서 함께 돈을 모으라고. 결혼식 일체의 비용도 스스로 마련하라고. 두 아이는 가만히 듣고 있었다. 그러더니 딸이 말했다.

"엄마, 저는 원래 그렇게 하려고 생각했어요. 새삼스럽게 왜 그래요?"

아들도 얼른 한마디 한다.

"저는 결혼할 생각이 없어요."

아들은 요즘의 결혼 풍속이 남자들에게 너무도 불합리하다며, 그래서 차라리 결혼을 포기하고, 하고 싶은 일을 하며 자유롭게 살고 싶단다.

얼마 전에는 결혼 문제로 젊고 푸른 젊은이가 목숨을 끊었다는 기사를 보았다. 슬픈 현실이다. 옛날 일을 이야기해서 뭐하겠느냐고 하지만, 예전에는 남의 집 문간방 하나 세 들어 신혼살림을 시작하는 게, 하나도 이상하지 않고 자연스러웠다. 그래도 거기서 아기 낳고 살림 일구고 오순도순 살았는데, 요즘에는 모든 게 너무도 풍족하고 화려해졌다. 그러나 정작 가져야 할 꿈과 이상은 퇴색한 것 같다. 젊고 푸른 청춘들이 물질적인 것뿐만이 아닌, 더 소중하고 아름다운 이상과 꿈을 향해 나아갔으면 좋겠다. 그것도 물질이 풍족해야 이룰 수 있는 거라고 고집한다면, 내가 어떻게 말할 수는 없지만 말이다. 생각이 변하지 않으면 포말처럼 세류에 휩쓸릴 수밖에 없다. 적어도 청춘은 물질적인 것에서 벗어난 순수함이 있어야 하지 않을까. 내 경험에 의하면 부족한 것이 많고 배고플 때, 오히려 순수는 더 빛났던 것 같은데.

청춘처럼 순수하고 아름답게 인생의 새로운 출발을 하는 결혼이었으면 좋겠다. 남을 의식하지 않고 자기의 형편과 사정에 맞게 그리고 자기 주도적으로. 세속적인 것들은 모두 잘라내고……. 그것 또한 청춘만이 누릴 수 있는 특권이 아닐까.

# 걱정도 세습되나

우리가 하는 걱정의 대부분은 쓸데없는 걱정이라고 한다. 해결할 수 없는 걱정을 하고, 일어나지 않은 걱정도 앞당겨서 하는 사람이 많단다. 그러고 보니 나도 그렇다. 걱정이 많은 데에는 정신적 외상과 같은 요인이 있을 테지만, 유전적 요인도 있을 것 같다는 막연한 생각을 한다. 예전에 외할머니가 걱정이 많으시더니, 어머니가 그러셨고, 가만히 보면 나도 그러니 말이다. 무슨 일에든 염려가 되고 걱정이 된다.

내가 기억하는 외할머니는 우리 식구들에 대하여 걱정이 많으셨다. 일찍 혼자 된 딸과 외손주들이니 왜 그렇지 않았으랴마는, 더러는 쓸데없이 노심초사하는 걱정 때문에 더 그랬던 것 같다. 그래서 외할머니는 우리를 만날 때마다 늘 눈에 눈물이 그렁그렁하셨다. 만날 때 울고, 헤어질 때 또 울고, 언제나 우리 걱정뿐이었던 외할머니. 그 외할머니를 어머니가 꼭 닮았다.

청상이 되어 우리를 기르신 어머니의 심정을 모르는 바는 아니나, 어머니에게는 무슨 힘든 말도 또 내색도 못 한다. 그랬다가는 몇 날 며칠을 걱정하고 또 걱정하시는 것을 알기 때문이다. 몸이 아플 때 어머니와 전화 통화라도 하는 날이면, 애써 위장을 하고 연기를 해야 한다. 아주 명랑하고 즐거운 목소리로 전화를 받거나 걸어야지, 조금이라도 이상하면 수시로 전화를 걸어서 확인을 하신다.

그래서 가끔 외롭다. 아무리 힘들어도 어디에 대고 말할 곳이 없기 때문이다. 남에게는 말해봐야 대부분 피상적으로 들으니 해놓고도 후회하기 일쑤다. 가장 내 마음을 알아주고 읽어주는 사람은 어머니지만, 그런 마음이 지나쳐 걱정을 안겨드리는 결과가 되니 할 수 없다. 그래서 가끔은 시쳇말로 '쿨한 엄마'였으면 좋겠다고 생각한다. 아무튼 그래서 가끔은 외롭다.

그런데 요즘 보니 나도 어머니와 꼭 닮았다. 아들이 늦게 들어오면 노심초사하며 기다린다. 더구나 아들과 전화라도 안 되는 날이면, 머리가 아프고 속이 메슥거릴 정도로 걱정 또 걱정을 한다. 일어나지도 않은 일을 일어날 것처럼 걱정한다. 그렇게 걱정하고 있을 때 아들이 웃는 낯으로 들어오는 걸 보면, 힘이 쭉 빠지고 머리가 휑해 기진맥진해버린다.

아들은 왜 쓸데없는 걱정을 하시냐고, 절대로 나쁜 일은 일어나지 않는다며 걱정하지 말라고 한다. 그런데 요즘 뉴스를 보면 하도 어이없는 일들이 자주 일어나니, 이성적으로는 쓸데없는 걱정인 줄 알면서도 어쩌지 못하겠다. 마음이 그렇게 쓰이고 걱정되는 걸.

그래서 아들도 딸도 무슨 일이 있으면 둘이 속닥거리고, 나에게는 말을 하지 않는 경우가 있다. 난처한 일이나 큰 걱정거리는 아니지만 작은 문제라도 생기면, 둘이서 해결하려고 노력하고 나에게는 비밀로 한다. 후에 탄로가 나면 별것 아닌데도 내가 알면 노심초사하고 걱정할 게 뻔하니, 괜스레 나를 힘들게 할 것 같아 비밀로 했다는 것이다.

그러고 보니 우리 애들도 나를 닮아간다. 내가 어머니 힘들까 봐 말을 못 하고 위장하는 것처럼. 그러다 나처럼 가끔이라도 외로움을 느끼게 될까 봐 걱정된다. 앗! 또 걱정이다.

요즘 가장 큰 걱정거리는 아들의 결혼과 취직 문제다. 아들은 결혼을 하지 않는다고 하지만 그건 그냥 하는 말이지 않을까. 요즘 아들 결혼시키기가 좀 힘든가 말이다. 친구들이나 지인들이 하나둘 할머니 할아버지가 되어가는데, 나는 아직도 두 아이를 곁에 두고 있는 무능한 어미다. 아이들은 지금 행복하게 사는데 무슨 걱정을 그리 하느냐고 한다. 그러나 나의 마음은 그렇지가 않다. 나이는 한 살 두 살 먹어가고 독립을 시켜야 하는데, 여건은 되지 않고 이래저래 또 걱정이고 걱정이다. 결혼을 시키면 또 그 나름대로 걱정이 끝이 없다고 하지만, 자녀 결혼에 무심한 부모가 어디 있겠는가 말이다.

어머니는 지금도 우리 걱정에 잠을 설칠 때가 많다고 하신다. 그런 말을 들으면 가슴이 아릿하고 속이 상한다. 나는 어머니에게 걱정만 끼치는 딸인 것 같아서. 어머니는 그렇다고 하더라도 세습되는 걱정의 끈을 이제는 끊고 싶다. 우리가 하는 걱정의 96%는 쓸데없는 거라고 하지 않는가. 미리 걱정하지 말고, 비약해서 걱정하지 말고, 다 잘될 거라는 긍정적인 생각을 해야겠다. 참으로 그래야겠다. 걱정이 어머니들의 전유물이라고 할지라도 이제는…….

# 배롱나무 꽃을 보며

여름이 가고 있다. 밤이면 벌써 풀벌레 소리가 들린다. 가을이 오고 있다는 신호이리라. 지난여름은 예년과 다르게 유난히 더웠다고 하는데 솔직히 나는 더운 줄을 모르고 지냈다. 아이들이 자다가 샤워를 다시 하는 것에서, 밤새 선풍기를 켜놓는 것에서, 쉴 새 없이 줄줄 땀이 흐르는 내 몸에서, 더운 여름이라는 것을 인지하기는 했다. 그러나 체감하지는 못한 채 여름을 나고 말았다.

남편을 보낸 후 하루하루를 어떻게 보냈는지 모르게 보냈다. 허깨비처럼 허우적거리며 살았다고 할 수 있을까. 더위나 장맛비와 상관없이 매일 한두 번씩 그이가 잠든 곳을 오가며, 좀비처럼 살았다. 그래도 살아지는 게 용했다. 목숨이라는 게 그렇게 질긴 것인가 보다. 그러나 그렇게 사는 날들이 무의미하지만은 않았다. 그동안 그이와 내가 깊은 대화를 나누는 시간이었으니까. 그리고 그 대화와 물음 때문에 다시 설 수 있었으니까. 이제 다시 만날 날을 기다리며 열심히 성실하게 사는 게 내가 할 몫이라는 걸 알았으니까.

따로 떨어져 있다고 해서 실제적인 이별이 아니다. 그곳이 어딘들 상관이 없다. 물리적 거리가 무슨 상관이겠는가. 함께 살고 있다고 생각하면 되는 노릇인데. 물론 가끔씩 말할 수 없는 허망함이 허기처럼 밀려온다. 그래도 그걸 이별이라 생각하고 싶지 않다. 이런 내게 정신 나갔다고 누군가가 책망한다 해도 나는 고수할 것이다. 이런 사고가 나를 하루하루 살 수 있게 하는 힘이 되므로.

지금 나는 그이의 부재로 인한 아픔과 화해하는 방법을 배워가고 있는 중이다. 외면하고 싶은 현실을 직시하는 법도 배우고 있다. 또 익숙한 것들로부터 유리되어 낯선 것들과 맞닥뜨려야 하는 것도 배우고 있다. 이렇듯 인생은 살아가며 배워야 할 게 끝도 없이 많다는 것이 놀랍다. 그리고 더 놀라운 것은 그 배움에 늘 적극적인 나의 태도다. 일부러 그이와 함께 산책했던 곳에 가보고, 앉았던 의자에도 앉아보고, 함께 갔던 식당에도 가보았다. 상처에 소금을 치는 것처럼 아픔이 극에 달해도 나를 담금질해야 한다고 생각했다. 그래야만 강해져서 나머지 삶을 살 수 있을 테니까. 그러다 보니 극심했던 무더위를 어떻게 보냈는지도 모르게 보내고 말았다.

아무리 마음을 정돈하려 해도 쉽지 않은 게 또 마음이다. 내 마음인데 내가 마음대로 하기가 왜 이렇게 어려울까. 아무도 없는 방 안에서 수건으로 입을 막고 울어도, 그이에게 가는 차 안에서 가속 페달을 밟으며 소리 내 울어도, 말이 없는 그이 앞에서 흐느껴도, 슬픔은 감해지지 않았다. 오히려 슬픈 감정은 더 슬픈 감정을 불러오기도 했다. 우는 것이 소용없는 짓이지만 그래도 그렇게라도 해보았다. 슬픈 것은 어쩔 수 없이 슬픈 거니까. 더 잘하지 못한 것에 대한 회한만이 나를 휩싸고 돌아, 가눌 수 없는 마음을 곧추세우려고 노력하고 또 노력했다. 그러다 보니 여름이 다 가고 말았다. 어떤 위로와 격려보다도 시간이 더 힘이 된다는 것을 안 여름이었다.

이제 여름의 끝자락이다. 개강도 며칠밖에 남지 않았다. 모처럼 학교 도서관에 갔다. 도서관 올라가는 '창조관' 앞뜰의 배롱나무 꽃을 보았다. 뜨거운 여름을 견디고 핏빛으로 피어나고 있는 배롱나무 꽃. 배롱나무는 무더위와 열풍 속에 얼마나 그 몸을 담금질했을까. 그래서 저 나무의 몸이 저리 반지르한 것일까. 그렇게 견디고 나서야 저렇게 빨갛게 꽃으로 피어날 수 있었을 테지. 나지막한 도서관 길을 느릿느릿 오르며, 인생길을 걷다가 필연이든 우연이든 만나게 되었던 아픔들을 생각했다. 오늘따라 여름을 견딘 핏빛 배롱나무 꽃의 의연함이 예사롭지 않게 보였다.

배롱나무 꽃잎이 눈 속으로 날아들었다. 꽃잎은 내 눈까지 빨갛게 물들였다.

## 여행, 설렘과 모험 사이

나이를 먹을수록 여행이 더 좋아진다. 일상으로부터의 탈출, 그 탈출이 주는 느낌은 적잖이 자유로우면서도 반항적이다. 그래서 더 매력적인지도 모른다. 아무튼 여행은 언제나 설렘과 호기심을 내포한 채 진행된다.

오대산으로 여름 여행을 계획한 것은 불과 며칠 전이었다. 가까이 지내는 선생님들과 점심을 먹는 자리에서, 즉흥적으로 정해버렸다. 떠나는 날 아침, 비가 올 듯한 하늘은 검은 회색빛이었다. 이렇게 흐린 날이 뜨겁지 않아 여행하기는 더 좋다며, 간단한 짐을 트렁크에 싣고 차에 올랐다. 모두 넷이었다. 참 적당한 인원이다.

중부고속도로로 진행하다가 호법IC에서 영동고속도로로 바꿔 탔다. 가랑비가 조금씩 간헐적으로 흩뿌리는 고속도로, 도로변의 자귀나무 가로수는 화려하게 꽃을 피웠고, 산자락에 내렸다 걷히는 비구름은 몽환적이었다. 서울에서 출발한 지 2시간 10분 만에 진부IC에 이르렀고, 이정표를 보고 오대산으로 향했다.

오대산 입구에 닿자 가로수부터 굵고 싱싱한 것이, 도시와 너무도 달랐다. 공기와 산내음은 또 말해 무엇하랴. 들에 가득 펼쳐져 있는 들꽃 무더기는 소박하면서도 고왔고, 달맞이꽃도 활짝 피어 있었다. 맛있는 산채 음식으로 유명하다는 음식점을 찾아 들어가, 자리를 잡고 앉아 음식을 주문했다. 오대산 입구에 있는 음식점마다 거창한 문구를 넣은 간판이 날려 있었다. 모 방송국 추천, 모 신문사 추천 등등. 우리는 산채비빔밥을 맛있게 먹었다.

식당에서 나온 우리에게 본격적인 여정이 시작되었다. 먼저 월정사로 정했다. 산으로 들어가자 비는 더 내렸으나 즐겁기만 했다. 어둑한 전나무 숲에는 아름드리 나무들이 검푸른 빛을 띠고, 내리는 가랑비를 묵묵히 맞고 있었다. 불어난 계곡 물은 요란하면서도 정겹게 소리를 내며 흐르고, 짚신나물과 기린초가 노랗게 피어서 우리를 맞았다.

아무도 없는 숲길을 우리 넷이서 걸었다. 한 사람이 나에게 노래를 불러달란다. 나머지 두 사람도 그러라며 부추긴다. 이런 날 이런 곳에서는 〈비목〉이 어울릴 것 같다고 했다. 어둑신하고 고즈넉한 분위기, 가만가만 내리는 가랑비, 제풀에 넘어져 누운 아름드리 고목나무, 작은 들꽃과 풀, 가끔 고개를 내밀었다 쏙 숨어버리는 참다람쥐, 가만히 서서 듣고 있는 세 사람, 가슴에 가득 밀려드는 따뜻함을 느끼며 노래를 불렀다. 전나무 숲에서의 그 모습은 한 장의 추억으로, 내 기억의 사진첩에 자리할 것이다. 작은 박수 소리를 들으며 꿈같은 기분에서 깨어났다. 그리고 월정사로 향했다.

월정사는 화려하고도 웅장했다. 절이 너무 크고 화려해 운치가 덜한 것 같다고 누군가 말했으나, 그 가운데 자리한 월정사 구층석탑은, 세월의 더께만큼 멋스럽고 깊이가 있어 고고해 보였다. 가랑비는 더 가늘어졌고, 우리는 천천히 월정사 경내를 돌며 사찰이 가지고 있는 특유의 분위기를 즐겼다. 욕심이 적어지면서 마음이 가벼워지는 느낌이었다.

상원사로 가는 길은 비포장도로다. 덜컹대며 계곡 물을 따라 올라가다 환호성을 지르며 차를 세웠다. 나무와 나뭇가지 그리고 흙을 이용해 만든 섶다리가 제법 거칠어진 넓은 물줄기를 가로질러 놓여 있었기 때문이다. 낭만적이며 정겹게 보였다. 우리는 섶다리를 건너서 물 저편 숲 속으로 가보았다. 물가에 피어 있는 터리풀꽃과 빨간 노루오줌은 은근히 화려했다. 섶다리를 지나 상원사 주차장에 차를 세우고, 아름드리 나무가 우거진 숲길을 걸어 상원사로 들어갔다. 입구에 세조가 목욕하다 걸어놓았다는 관대걸이가 왼편에 서 있었다. 상원사는 신라 때 세워진 절인데, 그곳에서 내려다보는 산자락은, 그곳이 얼마나 첩첩산중인가를 알게 할 정도였다.

상원사에 있는 찻집에서 우리는 차를 마셨다. 멍석과 돗자리가 깔린 찻집은 고풍스러웠고 분위기는 은은했다. 중국 변방의 소수민족들이 마시기 시작했다는 보이차와 향긋함과 상큼함을 함유한 연잎차를 주문했다. 작은 찻잔에서 얼른 우려 따끈하게 마셔야 제격이라는 보이차는, 구수하면서도 뒤끝이 달큰하고 부드러웠다. 차를 마시며 두어 시간을 그곳에서 담소했다. 어둑해지는 숲은 내리는 빗줄기를 맞아 더 검푸르게 보였다.

오대산 여행에서 인상적이었던 곳은 지장암이다. 월정사와 상원사 사이에 있는 곳으로, 비구니 스님들이 지내는 곳이다. 입구부터 정갈하고 들꽃 화단이 조성돼 여성스러웠다. 예전에는 너와지붕에 단청을 칠하지 않은 작은 암자였다는데, 현재는 웅장하면서도 단청이 화려하며 넓고 컸다. 바위취와 돌단풍, 참나리, 섬초롱꽃, 노루오줌 등으로 조성된 들꽃 화단에는 조금씩 들꽃이 피어 있어 편안해 보였다. 절 지붕 처마 끝에서 떨어지는 낙숫물 소리만이 정적을 깰 정도로 고즈넉했다.

숙소에 도착했을 때는 이미 어둠이 온 누리에 내리고 있었다. 저녁 식사 메뉴는 송이백숙으로 정했는데, 진고개 넘어 아랫마을 식당에서 한다는 것이다. 8시가 가까워 오는 오대산의 진고개는 어둑하면서도 으스스했다. 정상에 이르렀을 때 짙은 비구름과 안개, 세차게 부는 바람 때문에 전설의 고향에나 나오는 광경 같아 무서웠다. 넷이 같이 있는데도 등골이 오싹했다. 조심스럽게 운전해 송이백숙 집을 찾았다. 갖가지 음식의 가짓수는 나열할 수 없을 정도였고, 맛 또한 어디 비견될 수 없는 독특한 맛이었다. 무엇보다 음식 값도 저렴해, 조금 전까지 무서웠던 기억을 다 잊었다. 식당의 건축양식도 멋스럽고 독특했다. 갤러리 같은 느낌이었다.

맛있고 푸짐한 음식을 느긋하게 즐기면서 먹고 난 다음, 오고가는 차량의 불빛 하나 없는 으스스한 진고개를 다시 넘었다. 그것 또한 오대산 여행에서 잊을 수 없는 추억의 한 장면이 되었다. 역시 여행은 설렘과 모험 사이를 넘나드는 것 같다.

# 죽고 싶은 오늘이

내가 죽고 싶은 오늘이 어떤 이에게는 간절하게 살고 싶은 내일이었을 것이라는 글귀를 어느 책에서 읽었다. 그렇다. 그렇게 생각한다면 힘들고 고단한 오늘이라도, 그래서 죽고 싶은 오늘이라도, 다시 용기를 갖고 마음을 추스르고 살아내야 한다. 어쩌면 그것은 살아 있는 자의 사명 같은 것일지도 모른다. 하지만 죽음을 선택하고 감행하는 이가 돼보지 않고는 뭐라고 말할 수 없을 것 같다. 그 상황과 심정이 돼보지 않고는 함부로 말할 수 없을 것 같다. 그럼에도 스스로 죽음을 선택한 배우 모 씨를 생각하면, 지금까지 잘 견딘 사람이 왜 그랬나 싶다. 그만큼 그녀의 죽음이 안타깝고 가슴이 아프기 때문이다.

그녀는 한번도 본 적이 없는 사람이지만 텔레비전에서 자주 보았기 때문인지 전혀 남 같지 않았다. 그리고 무엇보다, 어려웠던 성장과정을 잘 이겨내고 알뜰하고 소탈하게 사는 삶의 방식이 좋아 보였다. 개인적인 아픔을 숱하게 겪으면서도 오뚝이처럼 일어나는 그 모습이 아름답고 대단해 보였으며, 아이들을 책임지는 그 모습 또한 훌륭해 보였다. 나는 가끔 그녀의 홈페이지에 들러 그녀의 아이들을 보며 미소를 짓기도 했다. 그리고 조용히 마음속으로 응원을 하기도 했다. 그런데, 당차고 야무져서 잘 살아낼 것만 같던 그녀가 스스로 삶을 마감해버리다니.

우리 애들과 함께 며칠 동안 기분이 우울해했다. 아이들은 울기도 했다. 자기들의 어린 시절이 다 날아가버린 것 같다며. 아들은 초등학교 시절에 그녀에게 팬레터를 보낸 적이 있을 정도로 좋아했고, 새미도 어릴 적부터 좋아한 사람이라고 했다. 많은 이들에게 사랑받고 있었음에도, 늘 외로웠다는 그녀가 가엾다. 물론 그것이 어찌 그녀뿐일까마는 누구든 그 입장이 돼보지 않고는 모른다. 그래서 어느 누구의 삶의 방식에도 말을 못 하겠다. 그가 내가 아니고 나 또한 그가 아니기 때문이다. 겪어보아도 다 모르는 게 사람의 삶이다. 사람마다 다른 마음의 무늬를 어찌 알겠는가.

열여덟 살 어린 나이 때 그녀와 같은 생각을 한 적이 있었다. 가난과 책임감이 나의 이룰 수 없는 꿈과 맞물리면서 해답이 없다고 생각했었다. 앞날이 깜깜절벽이었다. 도저히 살 수 없다고 생각했다. 물론 어린 나이여서 그랬겠지만 그 당시에는 조금도 살고 싶은 마음이 없었다. 중학교를 졸업하고 객지에 나와 공장에 다니고 있던 나는 아무리 아끼고 아껴도 동생들 학비와 생활비를 감당하기 힘들었다. 공부하고 싶은 내 간절한 꿈은 도저히 이루어질 것 같지 않고, 하루하루를 견디기 힘들 만큼 지쳐 있었다.

그런 경험이 있기 때문에 그녀의 죽음이 더 안타까운지도 모른다. 며칠 동안 일도 제대로 못하고 자꾸 눈물을 흘리는 나를 보고, 주변 사람들은 지나친 반응 같다고도 한다. 그러나 내 감정은 그렇다. 씩씩

하고 당차 보였던 그녀의 내면이 외롭고 죽을 만큼 힘들었다는 게 가엾다. 자꾸만 감정이 이입된다.

내게도 죽음의 유혹은 질기고 질겼다. 결혼 직후에도 자주 죽고 싶었던 것을 돌이켜보면, 생각했던 결혼 생활이 아닌 것에 적응하기 너무 힘들었고, 그 현실을 받아들이기 또한 힘들었다. 그 후에도 죽음에 대한 유혹을 여러 번 받았다. 그것을 떨쳐내는 데에는 아무래도 신앙의 힘이 컸던 것 같다. 간신히 이긴 것 같았던 때에도 죽음의 유혹은 최후의 발악을 하듯 나를 끈질기게도 붙잡고 늘어졌다.

지금, 지나와서 생각하면 신앙이 주는 위안과 소망이 아니고는 설명할 수 없을 것 같다. 힘든 현실은 내가 통과해야 하는 관문이라고 생각했고, 그것을 잘 지날 수 있도록 해달라고 기도했다. 큰 어려움이 왔을 때에도 더 나쁘지 않은 것에 감사하는 마음을 가질 수 있었다. 어둠이 깊으면 새벽이 오는 것처럼, 어려움의 끝에서 소망을 보았고, 그것을 붙잡고 힘든 현실을 견딜 수 있었다.

우리나라가 OECD 국가 중 자살률 1위라고 한다. 전보다 물질적으로는 더 풍요로워졌는데, 삶을 포기하는 사람들은 늘어만 간다. 살면서 힘들 때마다 나는 예전에 힘들었던 날을 생각한다. 이보다 더 힘든 날이 무수히 많았다는 걸 생각하면 다시 용기가 생긴다. 용기를 가질 수 있다는 것도 어쩌면 그만큼 여력이 있다는 것인지도 모른다. 그 여력이 전혀 없어서, 도저히 현실을 견딜 수 없기 때문에, 삶을 포기했을 거라고 생각하면 참으로 안타깝고 가슴 아프다.

지금은 이런저런 어려움을 가까스로 이기고, 그런대로 평안하고 행복하다. 죽고 싶었던 날이 있었고, 견딜 수 없는 억울함에 몸을 떨던 날도 있었다. 누구의 삶인들 평탄하기만 하겠는가. 이 좋기만 한

가을날에, 너무도 아파하며 세상을 떠난 그녀가 자꾸 안타깝다. 힘들게 사는 많은 이들에게 위안이 되는 사람이었는데 말이다. 이제 누구라도 외롭다는 이가 있으면, 나의 마음 한 자락 내어주는 따스함을 가지리라.

# 금낭화

초등학교 동창생이 하늘나라로 갔다. 부음을 듣고 고향으로 내려가는 차 안에서, 천상병님의 시 「귀천」을 떠올렸다. 그 친구도 그곳에 가서 시인처럼 이 세상의 삶이 즐거운 소풍이었다고 말했을까. 초등학교만 간신히 마쳤다던가, 중퇴를 했다던가, 가난하고 배우지 못한 채 농사짓는 그가 늦게 결혼을 했다던가, 사실 나는 그 친구에 대하여 모르는 것이 너무 많았다.

일 년에 두 번씩 갖게 되는 초등학교 동창회에, 작고 깡마른 체구에 그을린 얼굴의 그가 허름한 오토바이를 타고 머뭇거리며 처음 나타났을 때, 가까운 마을에 사는 사람들 외에, 아무도 그 친구를 기억하는 사람이 없었다. 남들보다 잘나지 못해서 동창회에 안 나간다는 사람, 성공했다고 잘난 체하는 친구 보기 싫어서 안 나간다는 사람, 가봤자 별 의미가 없는데 시간 낭비한다고 안 나간다는 사람들 때문에, 나를 비롯하여 그 모임을 이끌어가고 있는 친구들이 난감해하고 있을 때, 그 친구의 참석은 유난히 내게 의미 있게 다가왔다. 그리고 고마웠다.

그 후, 그 친구는 동창회 모임에 거르지 않고 나왔다. 한쪽에 조용히 앉아서 다른 사람들의 재담과 행동에 가만히 미소만 띨 뿐이었다. 그래서 그가 왔었다는 것을 기억하는 사람들은 그리 많지 않았다. 나는 약간은 의도적으로 그 친구의 곁에 앉곤 했다. 도시 생활의 분주함과 비루함에 지친 내게는 고향을 지키고 있다는 것과 농촌 생활의 삶 역시 녹록하지 않을 텐데도 꼬박꼬박 나오는 것이 고마웠기 때문에. 어쩌면 도시에 살다가 어쩌다 한 번씩 내려와 역시 고향이 좋다고 입버릇처럼 말하는 나의 무의식 속에 들어 있는 고향에 대한 막연한 동경 때문인지도 모르겠다. 옆에서 젓가락질할 때 보이던 뭉툭하고 갈라진 그 친구의 손가락과 손톱 밑의 까만 때, 삐죽 나온 콧수염 등에 연민 비슷한 감정을 느끼고 있었다. 그것은 내 삶에 대한 우월함이 아니고, 고향에 대한 그리움과 애정이었다.

지난봄에는 그 친구가 동창회 모임에 나오지 않았다. 몸이 많이 아프다고 했다. 모임이 끝난 후, 모든 친구들이 성의껏 갹출한 얼마의 약값을 들고, 우리는 그의 집으로 병문안을 갔다. 위암으로 3년 전에 수술을 했는데 다시 재발했단다. 안타까운 마음으로 찾아가는 길에 어떤 친구가 회생하기 어렵다는 말을 했다. 그래도 젊은데 아닐 거라고 요즘 의학이 얼마나 발달했는데 그러냐고 말하는 친구도 있었다. 이상하게도 불길한 예감이 들어 아무런 말도 하지 못한 채, 꼬불꼬불한 산길을 조심조심 걸어 올라갔다.

그의 집이 저만큼 보였다. 우리들은 잰 발걸음으로 올라갔다. 너무 말라서 눈이 유별나게 커 보이는 그 친구는 초등학생처럼 작았다. 늦게 결혼하여 낳았다는 아들이 마당에서 세발자전거를 타고 놀고 있었다. 산 아래 있는 허름한 집은 농기구와 잡동사니로 조금은 어수선

해 보였다. 친구는 마당에서 놀고 있는 아들을 보며 미소 짓고 있었다. 건너편 산에는 산벚꽃이 늦은 꽃망울을 터뜨리고, 바로 앞 나지막한 언덕에는 하얀 조팝꽃이 무더기로 둥근 섬처럼 피어 있었다. 앞마당 한쪽의 꽃밭에는 금낭화가 화려하게 피어 내 눈길을 끌었다. 의례적인 인사를 건넨 우리는, 그 친구의 아픈 모습이 안타까워 마땅히 할 말을 잊었다.

금낭화 가까이 간 내가 아는 체했다.

"이 꽃 금낭화지? 나 되게 좋아하는데, 화분에 심으면 좋겠네."

"캐다 심어. 다 가져가도 돼."

친구가 빙그레 웃으며 선뜻 말했다.

"이 고운 것을 어찌 캐가겠어."

"산에 가면 얼마든지 있어. 나는 또 캐다 심으면 돼."

친구는 호미를 가지러 헛간으로 가려고 했다.

"아니야, 가을 모임에 오면 반만 나누어 갈게."

친구를 만류했다. 그게 마지막 대화가 될 줄 우리는 몰랐다. 삶의 순간이 그야말로 순간이라는 것을 그때는 알지 못했다. 그로부터 석 달쯤 후 그는 세상을 떠났다.

두 시간 가까이 걸려 친구의 집 앞에 왔을 때는 어둠이 내린 밤이었다. 밤하늘을 올려다보았다. 산마을에서 바라보는 밤하늘에는 많은 별이 떠 있었다. 저 하늘의 어느 이름 없는, 그리고 희미한 별이 그의 별일까. 갑자기 그다지 잦은 교류나 대단한 친분도 없었던 그 친구의 존재가 크게 부각되었다. 가슴이 자꾸 먹먹해졌다. 서늘한 바람에 몸이 오스스 떨렸다. 산마을의 바람이 차가웠기 때문만은 아닐 것이다. 차일이 쳐진 마당, 사잣밥이 놓인 집 앞에서, 먼저 도착한 동창생들의 씁쓸한 얼굴 표정을 보는 순간, 가슴에 통증이 커지기 시작했다.

삼삼오오 모여든 우리들은 친구의 영정 앞으로 갔다. 흰 머리카락 때문이었을까, 병마와 싸우느라 지쳐서일까, 나이보다 훨씬 늙어 보이는 그가 사진 속에서 쓸쓸하게 우리를 보고 있었다. 한 친구가 절을 하며 외쳤다. 그렇게 먼저 가서 형들의 절을 받고 싶으냐고. 나는 마음속으로 울면서 친구에게 말했다. 그곳에서는 아프지 말고 행복하게 지내라고. 사랑하는 가족들을 두고 떠난 그에게 그게 가능할지는 모르겠지만 다른 말이 떠오르지 않았다.

문상을 마치고 나오다 보니, 꽃밭에 화려하게 피어 있던 금낭화는 꽃이 진 채, 풀포기마저 사람들의 발길에 밟히고, 쳐놓은 차일에 치어서 꺾이고 뭉그러져 있었다.

# 등 주름

나이 먹으면 늘어가는 게 주름이리라. 사람들은 얼굴에 생기는 주름을 억제하기 위해 고급 화장품을 쓰고 아예 없애려고 성형도 한다. 주름이 생기는 건 아주 자연스러운 일인데도. 내 얼굴에도 늘어가는 게 주름이고 잡티다. 외모에 그다지 관심을 두지 않는 나도 요즘엔 신경이 좀 쓰인다. 그런데 이 주름이 얼굴에만 있는 게 아니었다.

어머니와 목욕을 하며 등을 밀어드리다가 깜짝 놀랐다. 어머니는 너무도 작고 주름진 등을 갖고 계셨기 때문이다. 등에도 주름이 잡힌다는 게 의아했지만, 어머니의 등에는 세로로 굵은 주름이 잡혀 있었다. 아주 작고 굽어진 등에 주름까지. 울컥거리는 기분을 내색할 수 없었다.

"엄마는 왜 등에도 주름이 생겨요? 이상해요."

부러 큭큭 웃으며 말했다.

"늙으니까 그렇지 왜 그렇겠니."

어머니는 아무렇지 않게 답하신다.

"그렇다고 등에 주름이 생긴단 말이에요?"

재우쳐 물은 건 어머니의 늙음을 인정하고 싶지 않아서였다. 저 등으로 나를 업어 키웠고 동생들을 업어 키웠으며, 때로는 등짐과 지게를 지기도 했는데. 지금까지 작지만 강한 어머니의 등을 잊고 살았던 것 같다.

청상이 된 어머니는, 소 갈 데 말 갈 데 가리지 않고 다니면서 일을 하셨다. 한동안은 보따리를 이고 다니며 잡화 장사를 했고, 농사일을 하느라 품앗이도 하셨다. 그 시절의 어머니들이 대부분 그러했듯이, 고생이란 고생은 다 하셨던 것 같다. 유학자의 집안에서 곱게 자랐던 어머니가 그렇게 고생한 것은, 우리 아버지가 일찍 세상을 떠났기 때문일 것이다. 그런데도 어머니는 아버지를 원망하지 않는다. 아버지가 원망스럽지 않느냐고 물었더니, 그렇게 애들에게 기막혔던 양반이 죽고 싶어 죽었겠냐며, 젊은 나이에 좋은 세상 못 살고 일찍 간 게 안타까울 뿐이라고 했다.

어머니의 피부는 유난히 희고 맑았다. 그런데 연세 탓인지 고생 탓인지 누렇고 주름지게 변했다. 초등학교 시절에 어머니가 학교에 오시면 친구들은, 니네 엄마 새댁 같다며 쳐다보곤 했다. 그만큼 시골 사람 같지 않게 피부가 유난히 희고 예뻤는데, 이제는 얼굴과 목, 가슴과 등까지 주름투성이가 되어버렸다. 주름진 고랑마다 숨어 있는 삶의 질고와 쓰라림을 어찌 말로 다할까. 어머니의 등을 밀면서 밀려드는 미안함이 커져만 갔다.

그런데도 어머니는 내 걱정만 하신다. 시간이 없어 운동도 못 해서 걱정이다. 머리 쓰는 일이 더 힘든 법인데 걱정이다. 밥을 제때에 못 먹고 다니니 그게 걱정이다. 어머니의 걱정은 끊이지 않는다. 그렇게 걱정을 해서 저리도 주름이 깊은 것이리라. 엄마는 별 걱정을 다 하신다고 타박을 놓으면서도, 걱정해주시는 어머니가 계셔서 든든하다. 어머니의 등이 주름지고 굽었어도, 젖가슴이 다 비어 있어도 든든하다.

내 얼굴에도 주름이 늘어간다. 아이크림을 듬뿍 바르고 마사지해도 소용이 없다. 어머니는 내 얼굴에 주름이 늘었다고 안타까워하신다. 갱년기를 보내느라 그런지 요즘 자꾸 열이 났다 식었다 해서, 옷을 입었다 벗었다 하는 나를 보고 늙나 보다며, 나보다 더 속상해하신다. 나는 어머니의 작고 주름진 등이 가슴 아픈데.

새미에게 내 등에도 주름이 있나 보라고 했다. 셔츠를 올려보던 새미가 등을 한 대 찰싹 때린다.

"저런 버릇없이……."

"어휴, 살이 너무 많아요. 피둥피둥."

나처럼 새미가 큭큭 웃는다.

예전의 우리 어머니 등도 그랬는데, 이제는 주름까지 있는 작은 등이 되다니. 세월 이기는 장사 없다고는 하지만 언제 저렇게 되셨나 싶다. 어머니 등 주름을 펴드릴 수는 없고, 마음의 주름만이라도 펼 수 있도록 해드려야 할 텐데, 늘어가게만 하는 불효를 어찌해야 하나.

# 오해받은 친절

친절한 행동이 오해받을 수도 있는 세상이 되어버렸다. 친절한 행동을 표면에 내세운 악마성이, 가끔 사회문제로 떠오르기 때문일 것이다. 이제 목적지를 찾을 때 길을 묻는 것조차 망설이게 되는 세상이다. 언제 어디서나 길을 가다가 물으면, 알고 있다는 것 때문에 뿌듯함으로 다정하게 길을 알려주던 사회였는데. 사실 이제는 스마트폰이나 내비게이션을 이용하므로, 타인에게 물을 필요가 없어졌다. 묻더라도 모른다며 바삐 길을 재촉하는 게 보통이다. 오프라인에서 소통의 길은 사라지고 있다. 이제 사람의 관계라는 게 형식적인 관계만 남은 사회가 되고 만 것 같다.

엊그제 전철을 이용해 친구 딸의 결혼식에 가고 있을 때였다. 나의 목적지는 안산이었다. 사당역에서 오이도역 방면으로 가는 4호선 열차로 갈아탔다. 대부분 앉았고 몇 사람만 서 있을 정도로 빼곡하지 않은 전철 안이었다. 나보다 약간 연배가 있어 보이는 아주머니가 내 옆에 앉은 아저씨에게 안양으로 가려면 어디서 갈아타는지 물었다. 아저씨가 잘 모르겠다고 한다. 내가 노선 안내 표지를 보라고 말했다.

아주머니는 안내 표지판을 한동안 쳐다보고 있었는데, 아무래도 잘 모르겠다는 표정이었다.

나는 자리에 앉았기 때문에 내가 자리를 양보해주고, 내리는 곳을 일러주어야겠다는 생각이 들었다. 그래서 아주머니를 불렀다. 아주머니는 들은 척도 않고 지하철 노선표만 보고 있다. 아무래도 못 들은 것 같아 다시 불렀다.

"아주머니! 아주머니! 이리 오세요."

여전히 못 들었는지 대꾸가 없었다. 전철 안에 있는 사람들이 나를 쳐다보았다. 조금 민망했지만 내친김에 알려줘야겠다고 생각했다. 자리에서 일어나 아주머니 옆으로 갔다.

"아주머니! 제가 알려드릴 테니 제 자리에 앉으세요."

아주머니가 뜨악한 표정으로 나를 쳐다보았다.

"저는 안산까지 가요. 그러니까 금정에서 갈아타실 때 알려드릴게요."

팔을 약간 당기듯이 하며 자리에 앉으라고 말했다. 그런데 아주머니가 내 팔을 탁 치는 게 아닌가.

"됐어요. 싫어요!"

순간적으로 깜짝 놀랐다. 고마워할 줄 알았는데 면박을 당하고 말았으니. 그래도 조용히 다정한 목소리로 말했다.

"아니, 제 자리에 앉으시라니까요. 잘 모르시는 듯하여……."

"알아서 갈 건데 뭔 상관이람! 싫어요!"

단호하고 쌀쌀맞은 말투로 대꾸하는 바람에 그야말로 어이 상실이 되고 말았다.

내 자리로 돌아와 앉아 전철 안을 보니, 몇 사람은 스마트폰에 빠져 있고 몇 사람은 나를 쳐다보고 있었다. 졸지에 내가 이상한 사람이 된 듯했다. 내 옆에 앉은 남자 승객이 빙긋 웃고 있었다.

"아저씨, 제가 이상한 짓 했나요? 그냥 호의로 알려드리려고 한 건데요."

너무 기막혀서 생면부자의 남자에게 내 행동에 문제가 있었는지 물었다.

"아뇨, 요즘 세상이 이상한 거죠."

그 남자가 온화한 미소를 띠고 말했다.

"저 아주머니는 저를 이상하게 본 것 같아요. 좀 당혹스럽네요."

"그래서 요즘엔 아무에게도 말을 걸지 말고 살아야 될 것 같아요."

"길을 잘 모르시는 것 같아 알려드리려고 한 것뿐인데 좀 그러네요."

"요즘 그래서 저는 아예 입 꼭 닫고 삽니다."

남자는 여전히 빙긋 웃으며 말했다. 나보다는 두어 살 아래로 보이는 사람이었다.

한 정거장 더 가서 그 아주머니는 내 반대편 자리에 앉았다. 얼굴이 동글납작하고 인상이 좋게 보였다. 내 인상도 나쁘지 않은데 적의를 가지고 나를 보다니, 씁쓸했다. 하기야 세상이 하 수상하니 그렇겠지만 말이다. 아주머니는 금정역에서 내려야 하는데 범계역에서 내렸다. 한 정거장 더 가서 내려야 안양 가는 열차로 갈아탈 수 있다고, 또 말해주려다가 입을 다물고 말았다. 오해받은 친절로 더 기분을 망치고 싶지 않았기 때문이다. 그런데도 아주머니가 헤매다 안양을 찾아갈 것 같아 마음이 쓰였다.

아주머니가 앉았던 자리에 딸애 또래의 예쁘장한 아가씨가 앉았다. 앉자마자 스마트폰을 꺼내 들여다본다. 연두색의 스마트폰이 예쁘고 상큼해 보였다. 전철을 이용하게 될 때 공연히 오지랖 넓은 짓 하지 말고, 나도 스마트폰으로 바꿔 게임이라도 할까 싶은 생각이 불쑥 들었다.

나지막한 산자락에 담송담송 자리한 집들과 논밭, 반월을 지나 창밖으로 보이는 풍경은, 따사로운 햇살과 어우러져 정겨워 보였다. 저렇듯 사람과 사람이 어우러져 다정하게 마음을 주고받으며 사는 세상이어야 하는데. 그 안타까운 마음과 언짢았던 마음을 바깥 풍경을 보며 다독거렸다.

# 감나무



20년쯤 전의 일이다. 충주 근처의 산골에 나만의 공간을 마련했었다. 거창하게 작업실이라고 불렀지만 실은 아주 허름한 농가였다. 지은 지 80년 되었다는데, 7년이나 비어 있었단다. 처음 그 집에 갔을 때, 허물어지는 헛간이랑 우거진 잡초들로 음산하기까지 했다. 그런데 내 마음을 끄는 것들이 있었다. 흙냄새 물씬 풍기는 벽과 작은 대청마루, 문고리가 달린 작은 문, 책상 하나 놓고 앉으면 남는 공간이 없을 정도의 조그만 건넌방, 그리고 안마당에 서 있는 커다란 감나무였다.

유년 시절, 고향마을 대부분의 집에는 감나무가 있었다. 그런데 우리 집에는 없었다. 감나무 있는 집이 늘 부러웠다. 노란 감꽃이 떨어지면 그걸 주워 먹기도 했지만 실에 꿰어 감꽃 목걸이를 만들어 걸기도 했다. 작은 풋감이 떨어지는 여름에 떨어진 풋감을 미지근한 소금물에 한 사흘 담근 후에 꺼내 간식으로 먹었다. 마땅한 주전부리가 없던 시절이었다.

비가 억수로 쏟아진 후 갠 새벽 또는 태풍이 불고 멎은 날이면, 건너 마을 들판에 있는 감나무 아래로 풋감을 주우러 가곤 했다. 부지런하고 야무졌던 사촌언니는 그런 새벽이면 우리 집에 와서 나를 깨웠다. 어둑한 들판에서 소쿠리에 푸릇푸릇한 풋감을 주워 담을 때, 주인이 와서 호령을 할까 봐 가슴을 졸였다. 그때도 뒤란에 큰 감나무가 세 그루나 있는 순이를 부러워했다.

외가에는 감나무가 많았다. 안마당, 바깥마당에도 있었고, 밭둑에도 여러 그루가 있었다. 감을 흔하게 먹는 이웃집 친구를 부러워하고 있을 때, 외삼촌이 오시곤 했다. 물론 감을 한두 접 가지고 말이다. 우리는 그 감으로 연시를 안치고 떫은맛을 없애기 위해 침담그기도 했다. 그것을 얼마나 아껴 먹었는지 모른다. 겨울방학 때 외가에 가면, 외할머니는 광에서 연시를 꺼내 주셨다. 살짝 얼어 있으면서도 달콤한 맛을 잊을 수가 없다.

그 감나무가 작업실 안마당에 한 그루, 뒤뜰에도 두 그루나 있었다. 아직은 어린 밤나무도 두 그루 있고. 오로지 감나무 때문에 그 집을 샀다면 좀 과장이겠지만, 어릴 적 감나무에 한이랄 것까지야 없지만 아무튼 그 비슷한 감정이 있었다. 마루에 앉아 바라보는 앞산자락이 완만하게 보기 좋았고, 공기도 맑은 곳이었다. 그래도 사는 데 결정적 역할을 한 것은 감나무였다. 그 집을 본 남편은 「무녀도」에 나오는 집처럼 생겼다며 쓸데없는 짓을 했다고 핀잔했다. 감나무 때문에 샀다고 말하면 웃을 것 같아 그만두었다.

여름방학 동안 온 가족이 매달려 수리를 했다. 남편은 헐고 다시 짓자고 했고, 아이들도 그러기를 바랐다. 내가 고집을 피웠다. 자연스럽게 그냥 두고, 아주 불편한 것만 고치자고. 무너지는 헛간과 외양간 그리고 광을 헐어냈다. 그러자 안마당이 넓어지고 우람한 감나무가 종일 그늘을 만들어주었다. 우리는 일하다가 그 감나무 그늘에서 쉬고 밥도 먹었다. 그런데 자세히 보니 감은 얼마 달리지 않았다. 감나무에 대한 나의 특별한 생각을 알지 못하는 남편은 괜히 시야만 가리고 감나무 종이 안 좋으니까 베어버리자고 했다. 절대로 안 된다고 했다. 거름을 하고 잘 보살피면 내년에는 틀림없이 감이 많이 열릴 것이고, 만약에 그렇지 않더라도 그늘을 만들어주고 무엇보다 내 마음을 흡족하게 해준다고 했다.

다음해 봄에는 그 감나무 아래에 조촐한 들마루를 만들어놓으리라 계획했다. 감나무 그늘 아래에서 찾아온 친구와 차도 마시고 음악도 들을 것이며, 가을에는 단풍 들어 떨어지는 감나무 잎이 내 어깨에 살며시 내려앉는 것을 보리라 생각했다. 스산하게 부는 가을바람에 웅웅거리는 감나무 잎새들의 울음도 듣고 소박한 마음을 담은 편지나 엽서를 가까운 사람들에게 쓰면서 가을을 즐겨보고도 싶었다.

사랑채에 달린 대문을 열고 들어가면 안채 벽에 남편과 나, 아들과 딸의 손자국이 찍혀 있었고, 우리가 애써 흙물로 붓질을 한 흙벽이 있었으며, 하얀 창호지를 바른 작은 문들, 뚱뚱하고 커다란 항아리 세 개, 작은 항아리 몇 개, 불 때는 아궁이와 쪼개놓은 장작 조금, 송판으로 짠 퇴색한 대청마루가 있었다. 그리고 안마당 옆에는 손바닥만 한 텃밭과 정리가 덜 된 바깥마당이 있었다.

비싸지도 않고, 화려하지도 않은 허름한 작업실이었다. 그곳을 생각하며 행복했었다. 여의치 않은 시간 때문에 자주 가지 못했지만 마음은 늘 그 작은 마루에 가 앉아 있곤 했다. 그리고 감나무 아래 서 있기도 했었다. 남편은 그 허름한 농가가 뭐 그리 좋으냐고 늘 핀잔을 했지만, 생각만 해도 마음이 넉넉해지는 곳이었다. 우리 가족들이 손

수 수리하고 가꾸던 추억이 깃든 곳이니 더욱.

그런데도 그곳을 나는 지키지 못했다. 남편이 아프게 되면서 팔고 말았다. 작업실을 돌보거나 사용할 여력이 없었고, 무엇보다 가정경제가 휘청거렸기 때문이다. 이제는 내 기억 속에만 있는 작업실, 아직도 눈에 선하다. 지금은 빨간 감들을 주렁주렁 달고 감잎 곱게 물들이고 있을 감나무, 그 감나무가 그립다. 남편은 하늘에서 그 감나무를 보고 있을까. 그리고 그날들을 그리워하고 있을까. 감나무도, 남편도, 함께 했던 시간들도 모두 그립다. 그립기만 하다.

# 말 걸기

여자는 하루에 2만 단어 이상의 말을 해야 정신 건강에 좋단다. 그렇지 않으면 스트레스가 쌓인다고 한다. 아무튼 말쟁이 말인지 알 수는 없지만 요즘 내가 가만히 생각해보니 별로 틀린 말도 아닌 것 같다. 다른 사람 예를 들 것도 없이 나를 놓고 생각해보니 그렇다는 거다. 하루에 내가 2만 단어의 말을 하나 보면 방학 기간인 요즘은 어림도 없다. 더구나 새로 이사 온 이 동네에서는 친구는 물론 이거니와 아는 사람도 거의 없다. 그러니 2만 단어는커녕 200단어도 쓰지 않는 것 같다. 그래서 그런가. 요즘 누구와 부딪치는 일도 없는데 과도한 스트레스에 시달리고 있다.

두 아이들은 아침에 일찍 나가면 밤 12시가 다 돼야 들어온다. 아침밥도 먹는 둥 마는 둥하고 나가니 밥상머리에서나마 앉아 말을 하려던 내 작전은 늘 수포로 돌아간다. 뭐가 그리 바쁜지 내게는 말 한마디 걸지 않는다. 겨우 한다는 말이 "엄마, 저 나가요" 아니면 "엄마, 저 왔어요"가 다다. 내가 말을 더 걸면 하나같이 "저, 지금 피곤하거든요. 내일 말씀하시면 안 돼요?" 한다. 그러나 그 내일은 늘 내일이 되고 만다.

아이들이 출근하고 나면 집안일을 하거나 산책을 하고 책을 본다. 요즘엔 교재를 만드느라고 바쁘기는 하지만 누구와 말을 붙일 상대는 없다. 벽에 걸린 사진에다 대고 말을 걸기도 하고, 로봇청소기가 청소하는 것을 보며 말을 걸기도 한다. 그냥 남들이 보면 정신이상자라고 볼 수도 있는 혼잣말을 중얼거린다.

요즘 말걸 대상이 하나 더 생기긴 했다. 화초들이다. 취미를 새롭게 하나 가졌는데 그게 화초 기르기다. 거실 창가 문갑 위에 하나씩 사다 갖다 놓아보니 예쁘기도 하거니와 소일거리도 되니 그런대로 괜찮은 취미 같다. 그 화초들에게 말을 건다. "에구, 목 말랐니? 잎사귀가 기운이 없어 보이네. 잠깐 기다려라" 하든지 "어머, 너는 어쩜 이렇게 예쁘니? 너처럼 예쁜 꽃은 본 적이 없어" 등등 주절주절 지껄인다. 그러다 넓은 창밖으로 보이는 산자락에 말을 걸기도 한다. "어제보다 느낌이 다르네. 봄이 오는 것 맞지?" 하면서.

그렇게 저렇게 말을 걸어보아도 2만 단어는 어림도 없다. 그래서 책을 읽을 때 소리를 내어 읽기도 한다. 집 안에 있는 사물들에게 말을 걸기도 한다. 스테이플러에게도 "너 여기 있었니? 너랑 만난 지도 벌써 20년이 넘었는데 아직도 이렇게 건강하니 보기 좋아." 연필깎기에게도 말을 걸고, 전화기에도 말을 건다. 그러다 지인들에게 전화를 걸어 통화를 하기도 하지만 요즘엔 사람들과 별로 말을 많이 하고 싶지 않다. 그래서 금세 끊고 만다. 그리고 혼자 중얼거리기도 한다.

그렇다고 할 일이 없는 것은 절대 아니다. 일은 산재해 있다. 이삿짐 정리도 아직 안 된 게 있고, 청소며 빨래며 부엌일이며 집안일도 해야 하고, 청탁받은 원고도 써야 하고, 교재 작업도 해야 하고, 밀린 공부도 해야 한다. 말을 안 한다는 것뿐이지 정신과 신체는 바쁘다. 가끔 아이들에게 전화를 걸면 받지 않다가 문자가 온다. 왜? 무슨 일 있어요? 문자로 보내세요, 라고. 치사한 것들! 혼자 중얼거리다가 저녁에 오면 절대로 아는 척도 안 하리라 다짐한다. 그러나 막상 보면 그러지도 못하면서.

누가 강아지나 고양이를 키워보라고 한다. 그런데 솔직히 그건 싫다. 내 몸 씻고 관리하는 것도 바쁜 내가 어찌 강아지나 고양이를 건사하랴 싶기 때문이다. 차라리 인형을 하나 사다놓고 말을 거는 게 낫지 않을까 싶다. 그러지 말고 식구를 늘리면 어떨까 하는 생각이 들기도 했다. 식구를 늘리는 방법은 아이들을 결혼시키는 것인데, 그렇게 좋은 일이 금세 일어날 수 있을까. 아들은 아직 결혼 생각이 없다 하니 어렵겠고, 다행히 새미는 결혼할 생각을 하는 것 같으니 그쪽을 알아보는 게 나을 것 같다. 그런데 갑자기 어디서 신랑감을 구한단 말인가. 이참에 공개적으로 신랑감을 구해달라고 광고를 할까.

다음주에 우리 동에서 반상회 아니 동상회를 한단다. 지금까지 반상회라고는 가본 적이 없는데, 이번에는 참석해야겠다. 가서 이웃들과 이야기를 주고받으면서 2만 단어 정도 해볼까.

# 몸으로 익힌 것 한 가지

교회 예배 피아노 반주를 26년 동안 했다. 6년 전까지 했으니 꽤 오래 한 편이다. 특별한 재능은 없지만 무엇이든 맡으면 꾸준히 하는 게 내 특성이라면 특성이다. 피아노 반주도 그랬다. 스물여덟 살 때부터 시작해서 쉰네 살이 되어 다니던 교회를 떠날 때까지 했으니 말이다. 반주를 맡고 있는 동안 빠진 일이 거의 없다. 남편의 수술 때문에 두 번 빠졌는데 그때는 새미가 대신 해주었고.

나는 어릴 적부터 악기 연주에 관심이 있었다. 그때의 여건으로는 학교 음악 시간이 끝났을 때 풍금을 한번 만져보는 게 다였다. 그것도 서로 쳐보려고 하는 바람에, 소심하고 소극적이었던 나에게는 기회가 좀처럼 오지 않았다. 간신히 한번 만져보려고 하면 다음 시간 종이 울려 아쉬움만 키웠었다. 당시 내 소원은 풍금을 갖는 거였다. 어머니께 말씀조차 드려본 적은 없다. 되지도 않을 일이기에 그냥 혼자서 꿈을 꾸고 또 꾸었다.

그러다가 옆집 오빠로부터 기타를 배우게 되었다. 〈로망스〉나 〈프라우드 메리〉 그리고 〈연가〉 등을 멋지게 연주하는 모습을 보고 배우고 싶으니 가르쳐달라고 했다. 오빠가 선선히 그러겠다고 해서 일주일 정도 배웠다. 그걸 어머니께서 아시고 불호령을 내렸다. 여자애가 무슨 기타냐고 당장 그만두라고. 아무리 사정해도 허락해주시지 않아 주저앉고 말았다. 지금도 그것은 아쉽다.

내가 피아노를 정식으로 배우게 된 것은 새미가 갓난아기 때였다. 돌도 안 된 아기를 업고 동네 피아노 학원에 다녔다. 어릴 적부터 가졌던 소원이 이루어지는 순간이었다. 낮 시간에는 학원이 비어 있다시피 해서 새미를 학원 소파에 뉘어놓고 레슨을 받았다. 피아노를 배우기 위해 남편을 얼마나 졸랐던지. 남편은 가려면 새미를 업고 가라며 반허락을 했다. 그날부터 하루도 빠지지 않고 열심히 피아노를 배웠고, 1년 정도 지나면서 교회에서 피아노 반주를 하게 되었다. 어설퍼서 자주 틀리곤 했지만 열심히 연습하다 보니 성가대 반주까지 할 수 있었다. 하고 싶은 것을 하나씩 이루어간다는 건 자존감을 높이고 성취감을 갖게 했다. 그것이 계기가 되어 나는 마음속에 깊이 자리하고 있던 꿈들을 하나씩 펼치기 시작했으니까.

피아노 학원 소파에 누워 있던 새미가 자다 깨어 소파에서 떨어졌던 적이 있고, 아장아장 걸어 다닐 적에는 일을 저질러 원장 선생님에게 미안한 적도 있었다. 나중에는 남편이 가게에서 새미를 봐주겠다고 해서 홀가분하게 다니게 되었다. 내게 업혀서 함께 다녔던 새미는 그때 음악적 감각을 익혔는지, 자라면서 음악에 관심을 보여 작곡을 전공했다. 그러고 보면 저절로 조기 교육이 되었던 모양이다.

서울로 이사한 후 근처 교회로 나가게 되었는데, 반주자가 갑자기 이사를 가게 되었다며, 피아노 반주를 부탁받았다. 6년 동안 안 했기 때문에 될지 모르겠다며 생각해보겠다고 했다. 전과 다르게 느슨하게 신앙 생활을 하는 나로서는 부담감도 없지 않았다. 더구나 나이도 있는데. 못 하겠다고 할까, 마지막 기회니 한번 해볼까, 그렇게 오랫동안 피아노를 쳐본 적이 없는데, 잘 될까. 이런 저런 생각이 들었다.

집에 돌아와 오랜만에 피아노 앞에 앉았다. 처음에는 손가락이 마음대로 움직여지지 않았다. 아무래도 안 되겠다는 생각이 커졌다. 그런데 조금 지나자 이상했다. 예전처럼은 아니지만 안 되지는 않았다. 두세 시간 정도 연습을 하다 보니 이제는 제법 되는 게 아닌가. 마침 집에 들어온 새미가 웬일로 피아노를 다 치느냐고 묻는다.

"반주를 하게 될 것 같아. 근데 새미야, 난 아무래도 천재야. 이게 되네."

내심 대견하기도 하고 신기하기도 해서 밝은 목소리로 말했다.

"몸으로 익힌 건 되는 법이에요. 피아노도 그렇지 뭐. 근데 연습 더 하세요."

대수롭지 않게 말하고 새미는 방으로 들어가 버렸다.

새미가 던진 몸으로 익힌 건 되는 법이라는 말이 계속 뇌리에 남았다. 맞는 말이다. 몸으로 익히기보다 머리로만 알려고 하다 보면, 실전에 임해서는 잘 안 되는 게 당연하다. 공부도 마찬가지다. 우직하게 요령 피우지 않고 해야 한다. 도서관에서 자료를 찾아 읽고 이해와 분석을 통해, 본인의 식견이 생겨야 제대로 공부가 된다. 그것이 느린 것 같으나 몸으로 익히는 공부여서 본인 것이 된다. 정보의 바다인 인터넷을 참고할 수는 있다. 그러나 인터넷만 열면 언제든 자료를 볼 수 있다는 것 때문에, 깊이 사색하지 않는다면 내 것이 되지 못한다. 거기에 그 자료가 있다는 걸 확인하는 것밖에는.

옛날 우리 선조들은 배울 때에도, 책을 읽고 쓰고 또 읽고 외워서,

몸에 체득이 되도록 했다. 그래야만 행동으로 나타난다고 생각했던 것이다. 그러한 공부 방식이 요구되는 요즘인 듯하다. 아는 것은 많은 것 같은데 실제로 그것이 몸에 익지는 않는 것 같아서 말이다. 체득되지 않으면 책은 책대로 나는 나대로니 무슨 유익이 있겠느냐는『격몽요결』의 한 구절이 생각난다.

다음주부터 교회에서 피아노 반주를 하기로 했다. 내 몸으로 익힌 것이니 해볼 만하다. 반주자가 올 때까지만 하기로 한정은 했지만. 한 가지라도 몸으로 익힌 것이 있다는 건 다행한 일이다.

# 나이는 숫자에 불과하다

강의실의 커다란 창 아래로 단풍이 야단스럽다. 아기 손바닥 같은 빨간 단풍나무, 느티나무, 목련나무, 은행나무 등, 숱한 나무들이 제각각의 색깔로 치장을 하고 뽐내듯 서 있다. 나는 왜 수업 시간마다 창밖을 보세요라는 소리를 잘 할까. 스스로 생각해도 조금은 우습다. 나이를 먹어가기 때문인지 갈수록 자연이 좋다. 계절 따라 변화하는 것도 좋다. 자연스러워서.

노인복지관에서 어르신들께 문예창작 강의를 한 지 5년이 되었다. 처음에 수업을 의뢰받았을 때 조금도 망설임 없이 하겠다고 한 것은, 창작 수업에 대한 목마름 때문이었다. 모교 문예창작학과에서 다년간 창작 강의를 했는데 국문과와 통합되는 바람에, 할 기회가 없어져 늘 아쉬웠다. 그런데 어르신들을 대상으로 하는 창작 수업이라고 하니, 앞뒤 재지도 않고 수락하여 지금까지 하고 있다. 강사료는 교통비보다 약간 더 나오는 정도로 열악하지만 그것은 아무래도 상관없다.

어르신들의 열정은 청년들보다 더하다. 내 강의를 얼마나 기다리고 좋아하는지 눈에 다 보인다. 생글생글 웃으며 호기심 가득한 눈으로 집중하는 모습은, 가히 감동적이고도 뜨겁다. 얼굴이 덴 듯 화끈거릴 정도로. 한마디도 빠뜨리지 않으려고 필기하는 모습, 고개를 끄덕이며 공감하시는 모습 또한 얼마나 아름다운지 모른다. 강의를 하다 보면 내가 더 의욕에 불타 목청을 돋운다.

이상한 일이다. 어르신들은 대부분 연세가 70~80대 되신 분들인데, 수업에 임하는 모습은 대학 신입생들 아니 중고등학생들 같다. 예의에 어긋나는 표현이지만 그 모습이 귀엽고도 예쁘다. 이렇게 아니면 딱히 표현할 적절한 말이 없다. 부모님 연배라는 생각이 들지 않을 정도로 내가 나이를 잊는다. 쉬는 시간에 나도 모르게 어르신들의 얼굴을 쓰다듬을 때가 있어, 스스로 놀라 죄송하다고 하면 아니라고 너무 좋다며 활짝 웃으신다. 그 모습 또한 어찌나 천진하고 예쁜지 모른다. 어르신이 이렇게 예쁘고 귀여우신지 새삼 알았다. 열심히 배우시는 모습이 또 멋지다.

읽어보라고 권하는 책을 읽었다며 요약한 것을 보여주시는 분, 숙제로 쓴 시라며 또는 수필이라며 쑥스러운 표정으로 내시는 분, 오빠의 생신날 쓴 축시 때문에 오빠가 눈물을 흘렸다고 얘기하시는 분, 백일장에서 상을 받게 되어 기쁘다고 문자를 보내시는 분, 차 한 잔을 교탁에 늘 올려놓으시는 분, 허리가 아픈데도 워커를 밀고 수업에 나오시는 분 등, 대학의 어느 수업 시간보다 더 따사롭고 열정이 가득한 시간이다. 아주 가끔, 수업 중에 떠드는 분들이 계시면 내가 슬쩍 칠판 가장자리에다 쓴다. 떠든 학생 아무개라고. 그러면 모두 박장대소를 하며 웃으신다.

남녀 어르신들의 비율이 반반인데 모두 소년 소녀들 같다. 연세가 들어도 저렇게 순수하고 맑을 수가 있을까 싶을 정도로, 진정한 의미에서 문학소년 문학소녀들이다. 예전에 가졌던 직업도 다양하다. 주부, 교사, 교수, 의사, 사업가, 공무원 등등. 현재는 대부분 연금으로 생활을 하신다. 그만하면 사는 형편도 좋고 현재의 삶에도 만족하시는 듯하다. 단지, 어릴 적부터 하고 싶었던 문학에 대한 꿈을 펼치지 못해 아쉬웠는데, 이렇게 기회가 되어 얼마나 만족하는지 모른단다. 그래서 학기마다 수강 신청을 새로 하는데 당첨이 안 될까 봐 노심초사하신다. 그럴 때마다 내 마음도 조바심이 나고 안타깝다.

열심히 글을 쓰고 노력하더니 몇 분은 수필가로 또는 시인으로 등단도 하셨다. 그 공을 모두 내게 돌릴 때면 솔직히 너무도 부끄럽다. 내가 한 거라곤 동기 부여밖에 없는데 말이다. 무어라도 보답을 하려고 하면 나는 절대 안 된다며 거절하고, 작가는 작품으로 말하는 거니까 작품을 많이 쓰시라고 한다. 민망해하시면서 웃는 모습 또한 얼마나 아름다운지.

등단한 분들이 모여 두 번째 문집을 냈다. 모든 어르신들께서 축하해주시면서도 샘이 나는 모양이다. 그 후로는 더 열심히 글을 쓰시니 말이다. 그런 모습도 보기 좋다. 물질이나 다른 것에 샘이 나지 않고 글쓰기에 샘이 나니 말이다.

결석하게 되면 꼭 이메일이나 문자를 보내시는데, 제자 아무개라고 쓰신다. 그 순수함에 가슴 벅찬 따뜻함을 느낀다. 어느 학기에는 옛날 대학 시절 은사님께서도 내 강의를 수강하셨다. 어찌나 놀라운지 선생님과 몇 시간이나 차를 마시며 이야기를 나누었다. 이론서는 많이 썼으니 이제 수필을 써볼까 해서 신청을 했다며, 제자를 선생님으로 모시게 되다니 특별한 인연이라고 아주 기뻐하셨다.

매주 수요일에, 나는 청년보다 더한 열정을 가진 분들을 만난다.

어느 수업 시간보다 더 기다려지고 행복해지는 시간이다. 가르치는 게 아니라 나도 배우는 시간이다. 어르신들의 지혜와 노련함을 배우고, 식지 않는 열정을 배운다. 나이는 숫자에 불과하다는 걸 몸으로 느끼는 날이다.

# 제자로 받아주시오

평생 동안 동양철학을 연구하며 학생들을 가르친, 이제는 퇴임한 지 오래된 전직 교수 한 분에게서 전화가 왔다. 시간을 좀 내달란다. 내가 늘 편하게 좋은 어른으로 생각해온지라, 흔쾌히 약속을 하고 만났다.

만나자마자 좋은 음식점으로 가서 점심을 먹자고 한다. 그러나 아직 점심을 먹기엔 이른 시각이라서 남한산성으로 향했다. 한바탕 소나기가 쏟아지고 갠 하늘은 쪽빛이었고, 나뭇잎은 햇볕에 반짝거리며 윤기를 발하고 있었다. 창문을 내리니 시원하고 상큼한 바람이 산향기와 함께 밀려든다.

"히야! 참 좋구만."

소년처럼 순수한 얼굴에는 금방 웃음이 가득해진다.

"좋죠, 선생님?"

"응, 참 좋아요. 내가 남한산성에 온 지가 꽤 됐는데 덕분에 구경하네요."

남한산성 저 아래까지 천천히 드라이브를 하고, 산자락이 건너다

보이고 밭이 내려다보이는 카페로 들어가 앉았다.

"풍경이 참 좋구만."

노인이 되면 감동이 적다고 하는데 그것도 사람 나름인가 보다. 좋아, 참 좋아를 연발하며 감탄하는 선생님은 노인이 아니었다. 만면에 미소와 즐거움이 가득한 얼굴은 소년의 얼굴이었다. 맑았다. 웃음도 크고 솔직했다.

선생님은 자꾸만 좋은 음식으로 주문을 하라고 하셨다. 나는 돈가스를 주문했다. 스테이크로 하지 왜 그러냐며 웃으셨다.

"제게 자꾸 좋은 음식으로 주문하라고 하시는데 혹시……."

내가 웃으며 선생님을 쳐다보았다.

"음, 실은 내가 부탁이 있어서. 허허허……."

조금은 멋쩍은 듯 그러나 단호한 어조로 말씀하셨다.

"장편소설을 하나 썼는데 그걸 좀 봐줄 수 있으시오?"

선생님은 들고 있던 봉투를 나에게 건넸다. 수필을 쓰는 분이라는 걸 익히 알고 있었지만, 소설을 썼다는 것에 그것도 장편을 썼다는 것에 조금 놀랐다.

음식이 나오기를 기다리면서, 소설 창작 방법에 대하여 궁금한 사항을 이것저것 물으셨다. 학생들의 질문에 답하듯 조곤조곤 설명을 했더니, 대뜸 당신을 제자로 받아달라는 것이다. 장난으로 생각하고 웃었더니, 선생님은 장난이 아니고 진심이라며, 자못 진지한 얼굴로 문학에 대한 열정을 토해내셨다. 얼마나 소설을 쓰고 싶었는지, 그리고 문학이라는 것이 얼마나 사람을 행복하게 하는 것인지, 늙어가면서 자신이 할 수 있는 것이 무엇인지 등등, 그 의욕과 관심을 다 드러내놓고 이야기하셨다. 70대 중반의 노인이 아닌 이제 막 문학에 발을 디딘 청년 같았다.

식사를 하면서도 궁금한 것에 대해 물으셨다. 그렇게 소설을 쓰고 싶었는데 쉽지 않았던 지난날의 이야기와, 아직도 끓고 있는 소설에 대한 열정을 느끼게 하는 이야기는, 오히려 내가 부끄러울 정도로 감동적이었다. 나이와 상관없이 그런 열정을 가질 수 있다는 게 얼마나 신선한가. 간곡하게 당신의 원고를 봐달라고 몇 번이고 다짐을 하셨고, 깍듯이 선생님으로 모시겠다며 제자로 받아달라고 하시니, 조금은 난감했다. 그러나 그저 순수하게 생각하고, 내가 도와드릴 수 있는 정도는 해야겠다고 생각했다. 세 시간 가까이 카페에 앉아서 음식을 먹고 차를 마시며, 이야기를 나누는데 시간 가는 줄 모를 정도로 공감이 되었다.

넓은 창을 통해 보이는 하늘은 조금 흐려 있었다. 산책하기 좋은 곳으로 안내하겠다고 했더니, 선생님은 좋다며 따라나섰다. '장경사' 입구에 차를 세우고 숲길을 따라 장경사까지 걸었다. 시원한 바람이 좋았다. 처음 와 본다며 참 좋다고 하신다. 그러면서 연신 나에게 제자로 받아달라고 하시니, 나는 송구하고 민망해서 웃음으로 답을 할 수밖에 없었다. 마음속으로는 할 수 있는 한은 도와드려야겠다고 생각하면서.

내가 동양철학에 대하여 궁금한 것을 여쭈었더니, 얼마나 쉽고 편하게 이해시켜주시는지 놀라웠다. 저렇게 학식이 높으신 분이 겸손함까지 가지고 계시니, 나는 솔직히 몸 둘 바를 모를 지경이었다. 산 아래 다랑논에 고개를 숙이고 익어가는 벼 이삭은, 꼭 선생님을 닮아 있었다. 아름다웠다. "교만은 패망의 선봉이요, 겸손은 존귀의 앞잡이"라는, 성경 구절을 떠올리며 나도 모르게 미소를 지었다.

한 시간 정도 산책하는 동안, 선생님은 노래를 부르고 크게 웃기도 하셨다. 색깔로 친다면 무채색일 수도 있는 깊은 황혼기에, 어떻게 이처럼 다채롭고 고운 색깔을 가지고 인생을 살까. 곱고 순수해 아름다웠다. 지하철역에 선생님을 내려드리고 오는데, 삶의 열정이 가득한 원고 뭉치에 시선이 자꾸만 갔다.

나이를 인식은 하지만 의식하지 않고, 삶에 꾸준히 열정을 가지고 새로운 것을 추구하며 산다는 것은, 중요하고도 필요한 것 같다. 요즘 조금은 우울하기도 했고 기분이 가라앉아 있었는데, 문학소년 같은 분을 만나고 나서 나를 다시금 일으켜 세웠다.

길가의 은행나무 열매가 머리를 맞대고 여물어가고, 가을을 재촉하는 바람이 건듯 불고 지나갔다.

제4부

# 익음

# 감자와 빵

출근하기 위해 현관문을 열고 나갔던 딸아이가 다시 들어왔다. 가슴에는 갖가지 빵이 가득한 쇼핑백이 안겨 있었다. 그게 웬 거냐는 내 물음에 현관 앞에 놓여 있더라고 한다. 쇼핑백에는 짧은 메모가 적힌 쪽지가 붙어 있었다. 104호에 사는 사람입니다. 오늘 만든 빵 팔고 남은 거예요. 맛있게 드세요, 라고. 아마도 어젯밤에 갖다 놓은 것 같았다. 아침밥을 거르고 나가던 딸아이는 빵 두 개를 얼른 챙겨 가방에 넣고 출근했다.

빵이 가득 담긴 쇼핑백을 식탁에 올려놓고 하나하나 꺼내보았다. 입술 사이로 미소가 비어져 나왔다. 가슴이 따뜻해져온다. 식빵, 치즈빵, 크림빵, 피자빵, 샌드위치 등 하나도 겹치는 것이 없이 골고루 담겨 있었다. 샌드위치를 한 입 베어 물었다. 입안 가득 풍미가 그윽하게 퍼진다. 거실에 퍼지고 있는 노란 햇살처럼. 샌드위치를 우유와 함께 먹고 나서 피자빵을 꺼내들었다. 다이어트 중이라는 것도 잊어버리고 빵 두 개를 순식간에 먹었다.

지난여름에는 엘리베이터 안에 이런 쪽지가 붙어 있었다. 감자 필요하신 분께 드립니다. 시골에서 수확한 거예요. 201호 앞에 있으니 가져가세요. 무료입니다, 라고. 그 쪽지를 보고 함께 엘리베이터에 탔던 아들이 우리도 한 봉지 가져올까요, 라고 했다. 마침 어머니께서 보내주신 감자가 있었기 때문에 미소만 짓고 말았다. 그때 확실히 보았다. 아들 입가에 감돌던 흐뭇한 미소를.

작년에 이곳 아파트로 이사한 후, 주민들 간에 있는 크고 작은 갈등을 목격하며 살고 있다. 새로 지은 아파트이기 때문에 산재해 있는 일이 많고, 의견 차이로 인한 갈등도 많은 것 같다. 그래도 시간이 흐르면 모두 해결되리라는 기대를 가지고 조용히, 그러면서 힘을 보탤 만한 곳에는 보태면서, 살고 있다. 그러다 너무 시끄러운 일이 생기면 이사 나가고 싶은 마음이 불쑥 들기도 하는 게 솔직한 심정이다. 아파트를 분양받고 입주하면서 기대가 컸었는데, 의견 차이로 인해 갈등의 골이 깊어지는 것을 보면서 회의가 생기곤 했다. 그래서 이상적인 마을을 만들어보고자 하는 의욕이 사라지고, 어느새 방관자 내지는 무관심한 주민이 되어가는 나를 발견하곤 했다.

그런데 지난여름의 '감자'와 오늘의 '빵' 사건은 그러한 나의 이기적인 생각을 불식시키고 나를 돌아보게 한다. 모두 다 좋을 수 없는 게 현실이다. 물 좋고 정자 좋은 곳 없다는 말도 그래서 생긴 게 아닌가 싶다. 인생은 참으로 아롱이다롱이로 다양하다. 긍정적인 사고를 가지고 살아가는 마음이 필요하다. 부족한 부분은 나부터 채워가면 될 일이다. 되지 않는다고 남의 탓을 하기보다 나를 먼저 돌아보고 반성해야 할 텐데, 그게 쉽지 않다. 그만큼 우리는 자기에게는 너그럽고 남에게는 인색한 게 아닐까 싶다.

'감자'와 '빵'을 나누고자 하는 이웃이 있는 우리 동네는 분명히 살

만한 동네다. 이런 따뜻하고 넉넉한 마음이 있는데, 지레 뒷걸음질하며 부정적인 생각을 하는 것은 옳지 않다. 그래서 생각을 바꾸기로 했다. 우리 아파트에 산재한 여러 가지 문제들도 차근차근 풀릴 것이고, 갈등도 해결될 거라고 믿기로 한 것이다. 조금 시간이 걸릴지라도 따뜻한 마음을 이웃과 나누고자 하는 정겨운 사람들이 있는 한, 그러한 현안들은 꼭 해결해나갈 거라고. 그리고 미력이나마 나를 필요로 한다면 마음을 보태리라고.

이는 비단 한 동네만이 아니라 우리가 살아가는 사회도 마찬가지이다. 가끔 사회면을 빛내는 따뜻한 사람들의 이야기가 있다. 그들로 인해 어려움 가운데에서도 우리 사회가 지탱되고, 느리지만 이상적인 방향으로 나아가는 게 아닌가 한다. 그래서 우리 동네, 우리 동에서 있었던 '감자'와 '빵' 이야기가 참으로 소중하고 따뜻하며 기분 좋은 것이다.

오늘 오후에 짧은 편지를 썼다. 1404호에 사는 사람입니다. 따뜻한 마음이 담긴 빵, 맛있게 잘 먹었습니다. 정다운 이웃을 둔 것이 어찌나 행복한지 모릅니다, 라고. 그리고 104호 현관문에 붙여 놓았다. 마음 가득 행복감이 밀려오는 것을 어쩌지 못해, 콧노래가 저절로 나왔다. 밖에 부는 찬바람이 봄을 재촉하는 바람처럼 생각되었다. 앞으로 우리의 삶이 봄날 같으리라는 기대와 함께.

# 오늘도, 나는 꿈을 꾼다

꿈은, 그 꿈을 꾸고 이루어가는 사람에게는 현실이 되지만, 그렇지 않은 사람에게는 그야말로 꿈에 지나지 않는다.

오래전에 꿈을 꾸었다. 그 꿈을 이루기 위해 부단히 노력했고, 이제는 꿈을 현실로 만들어냈다. 그러나 그것은 나의 재주나 노력뿐이 아니었고, 어느 시인이 말했듯, 나를 이렇게 있게 한 것은 8할이 바람이다. 나를 둘러싸고 있는 환경이 나를 이렇게 만들어준 것이다. 내가 만난 숱한 사람들과 환경이 나에게 격려와 채찍이 되었기 때문이다.

요즘 또 다른 꿈을 꾸고 있다. 세상의 잣대로 보면 더없이 소박하고 가볍고 욕심 없는 꿈이다. 그런데 생각해보면 더할 수 없이 큰 꿈이기도 하다. 그 이유는 그 꿈을 현실화하기가 쉽지 않기 때문이다. 이미 물질문명의 편리함과 달콤함을 알고 맛본 나로서는, 맛본 것만이 아니라 그 안에 젖어 있는 나로서는, 쉽지 않은 크고 요원한 꿈이기도 하다.

내 꿈은 깊은 산골로 들어가 자연과 함께 사는 것이다. 집은 열 평 미만의 토방집이면 좋겠고, 텃밭은 스무 평 정도면 될 것 같다. 마당에는 과일나무 두어 그루 심으면 좋겠다. 자연이 정원이니 조경수와 꽃을 심을 필요는 없을 것 같다. 그 마당 한쪽에 우물 하나 파서 사용하면 되지 않을까. 그런 집에서 아주 조금 먹고 산책 많이 하고, 책을 실컷 읽으며 공부도 마음껏 하고 싶다. 그리고 싫증이 날 정도로 글을 쓰고 또 쓰고 싶다. 쓰다가 지쳐 잠이 들었다가 재잘거리는 새소리에 눈을 뜨고 싶다.

그런 생각만 해도 행복해지는데, 현실로 만들어내기에는 여러 가지 제약이 따른다. 생각하기에 따라 소박하고 작은 내 꿈이, 지금은 너무도 큰 꿈이 되고 마는 것이다. 그 이유는 두말할 것 없이 욕심 때문이다. 현재 하고 있는 일을 그만두기가 어렵고, 가족들 때문에 혼자의 삶을 살기가 힘들다. 그것도 욕심이라면 욕심 때문이겠지만 말이다.

내 꿈에 대하여 이야기를 들은 어떤 지인이 이런 이야기를 해주었다. 나와 비슷한 꿈을 꾸었던 어떤 교수님이, 정년퇴임을 하고 망설임 없이 고향으로 내려가셨다고 한다. 내려가서는 어찌나 좋은지 한동안 만족해하셨는데, 얼마 후 서울에 있는 제자들에게 전화를 걸기 시작하셨단다. 그것도, 새벽 5시에. 제자들이 그 이야기를 하며 깔깔대며 웃었다고 한다. 이미 도시 문명에 물든 사람은 누가 되었든지 산골 생활이 어려운 법이라며.

그런데도 나는 그렇지 않을 것 같다. 그 꿈을 이루기만 하면 지금까지 내 삶에 만족하여 힘을 다해 살았듯, 그 삶에도 더없이 만족하며 살 수 있을 것 같다. 문제는 그 꿈을 언제 어떻게 이루느냐는 것이다. 꿈을 이루기 위해 준비를 하고 계획을 세우는 게 먼저 돼야 할 것이다. 그리고 무엇보다 소유적인 삶에서 조금 멀어져야 할 것이다. 그것을 끊어내는 게 나로서는 가장 어려운 숙제다. 이상과 현실은 이렇게 충돌하는 것이다.

오늘 아침에 농가주택 팔고 사는 인터넷 사이트에 들어가 기웃거렸다. 동호인 주택을 모집한다는 곳에도 들어가보았다. 내 형편에는 너무 비싸고 화려해 보였다. 내 손으로 지을까 보다, 라고 했더니 새미가 한심한 표정을 지었다. 그것은 꿈이지 현실적으로 어렵다는 표현일 것이다.

내 꿈은 지금까지의 어떤 꿈보다 이루기 힘든 것일지 모른다. 나도 모르게 세속화된 나의 정신을 갈아엎어야 하는 일이기 때문이다. 지금까지의 삶의 양식을 바꾸어야 하는 일이기 때문이다. 그 모든 것을 끊어버리고 내 꿈을 이룰 수 있을까. 현실과 꿈의 괴리를 어떻게 좁힐 수 있을까. 그것은 내가 해결해야 할 문제다. 그것만 해결한다면 나는 내 꿈을 이룰 수 있을 것이다. 오늘도, 나는 꿈을 꾼다.

# 얼마나 다행이야

가을의 끝자락에서 하나밖에 없는 여동생과 둘이 여행을 가기로 했다. 생전 처음 있는 일이다. 딸아이가 콘도를 예약해 주는 바람에 급작스레 이루어진 일이지만 여행을 떠나기 전날 밤엔 몇 번이고 잠이 깰 정도로 설레었다. 여행 일정을 어떻게 잡아야 동생이 좋아할까, 무슨 음식을 좋아할까, 아무래도 바닷가니까 회를 먹는 게 좋겠지, 차 안에서 먹을 걸로는 어떤 것을 챙길까 등등 어릴 적 소풍 가기 전날보다 더 마음이 부풀어 올랐다. 뒤척이다 일어나 가방에 이것저것 챙겨 넣고 또 잠을 청하고 하며 아침을 기다렸다.

이른 새벽에 모란역에서 동생을 만나 영동고속도로를 달렸다.

"언니, 먹을 걸 뭘 이렇게 챙겼어? 속초 가서 점심 먹어도 될 텐데."

운전하는 내 입에 사과를 한 조각 넣어주며 동생이 말했다. 목소리는 경쾌하고 애교가 섞여 있었다. 나보다 네 살이나 어린데 이제 50대 중반이 되었지만 내 눈에는 여전히 아기로만 보였다. 깎아 온 과일을 먹으며 훤히 뚫린 고속도로를 달리며 이야기를 나누었다. 현재 이야기와 어릴 적 이야기가 뒤섞여 계속되었다.

우리는 가난했지만 할머니와 어머니의 사랑 속에서 자랐다. 아버지가 없는 손주들을 극진하게 생각하시는 할머니와 엄격한 어머니 밑에서 결핍되는 것은 많아도 사랑만큼은 부족하지 않게 받으며 말이다. 나는 맏이라서 귀염을 받았고 남동생은 아들이라 소중했고 여동생은 아버지가 돌아가신 후 태어난 가엾은 아이라 더 사랑을 받았다. 당대 현실이 누구나 어려웠던 시절이었지만 땅 한 평 없고 남자 어른이 없는 우리 집은 더했다. 춘궁기인 봄이면 수제비와 나물죽으로도 끼니를 이어가기 힘들 지경이었다. 그래도 우리가 열등감을 갖지 않고 자랄 수 있었던 것은 할머니와 어머니의 사랑 덕분이다.

"얘, 나는 늘 어깨가 무거웠는데, 너는 어땠니?"

"언니, 난 하나도 그런 것 없었어. 할머니와 엄마가 있고 언니랑 오빠가 있는데 뭐. 난 그런저런 생각 하나도 안하고 그냥 행복하게 지냈던 기억밖에 없어."

동생의 말에 깜짝 놀랐다. 동생은 가정 형편 때문에 또래보다 중학교를 1년이나 늦게 입학했고, 고등학교도 회사에 다니면서 진학했기 때문에 나름대로 힘들었을 거라는 생각을 항상 했었다.

"이게 무슨 소리야! 정말? 나는 맏이라서 늘 어깨가 무겁고 어떻게 하면 살림이 나아질까 걱정했어. 나처럼은 아니라도 너도 힘들었을 것 같았는데, 정말 아니야?"

내가 재우쳐 물었다.

"그렇다니까. 언니, 난 한 번도 우리가 가난하다는 생각을 안 했고, 집안 걱정도 안 했다니까. 언니 오빠 믿고 그랬나? 하하하하……."

여동생은 재밌다는 듯이 웃어댔다. 그 모습이 어찌나 천진스러워 보이는지 모른다. 나이 50대 중반이라는 게 믿어지지 않았다.

"언니, 난 언니 아니면 중학교도 고등학교도 못 갔을 거예요."

"그렇게 생각해, 정말?"

"그으럼. 언니, 내가 말을 안 해서 그렇지 다 알아요. 중학교 때 수업료 못 내서 학교 못 가고 있을 때 언니한테 편지했잖아. 그랬더니 며칠 후에 수업료 갖고 내려왔잖아. 그래서 다시 학교 다니게 된 거 다 기억해요."

그랬다. 내가 동생의 편지를 받자 돈을 가불하고 빌려 수업료를 만들어 고향집에 갔더니, 동생은 학교에 못 다니고 남의 집에 일을 하러 가고 없었다. 너무도 어이가 없어 동생을 찾아 손목을 잡아끌고 학교로 갔더니 담임선생님이 내게 다짐을 받았다. 앞으로는 수업료 밀리지 않고 책임지겠느냐고. 그때 내 나이 겨우 열여덟 살이었다. 제 앞가림도 하기 힘들 나이인데, 동생의 학비를 책임지겠다는 다짐을 하고 돌아왔다. 지금 생각하면 웃음이 날 정도로 가당찮은 일이다.

사실 누구에게 칭찬받으려고 그런 맏이 의식을 갖고 산 것은 아니다. 그저 살다 보니 그리고 당시에는 누구나 맏이들은 그랬듯이 당연하게 여기고 산 것뿐이다. 그런데 나이가 들고 동생들도 모두 결혼하여 각자 살림을 하고 살면서 유대감이 느슨해진 것도 사실이다. 과거와 다른 현대 삶의 방식들 때문이기도 하겠지만 각자 사는 게 바쁘다 보니 그렇기도 할 게다. 가끔 옛날을 생각하면 스스로에게 위로해주고 싶을 때가 있다. 그러면 내 가슴을 토닥거린다. 이제는 어느 식구도 옛날의 내 삶을 기억해주는 사람이 없는 것 같았다. 그런데 동생이 그 일을 기억한다고 하니 갑자기 눈물이 날 것 같았다. 동생이 그렇게 사랑스러울 수가 없었다.

"내가 학교에서 옥수수빵 받으면 조금도 안 떼어 먹고 집으로 갖고 와서 너희들과 먹은 것도 아니? 점심을 굶었는데도 너희들도 배고플까 봐 그랬는데. 엄마 장사 나가시면 너를 업어주고, 밥도 먹이고 그랬는데 그건 모르지? 니들 학교 입학원서는 내가 다 쓰러 다녔는데. 알고 있니?"

동생이 옛날을 기억한다는 말에 신이 나서 이 말 저 말 마구 하기 시작했다. 동생은 다 알고 있다고 했다. 그때는, 언니는 그냥 그렇게 하는 거라고 생각했고, 고등학교에 가기 싫었는데 언니가 하도 원서 써서 제출하면서 가라고 해서 갔다는 것이다.

동생은 편하게 청소년 시절을 보냈구나 하는 생각이 들었다. 그게 얼마나 다행스러운지. 가슴에 얹혀 있던 돌덩이를 내려놓은 느낌이었다. 속으로 몇 번이고 외쳤다. 얼마나 다행이야, 얼마나 다행이야, 우리 막내가 티 없이 걱정 없이 자란 게 얼마나 다행이야, 라고.

동생들이 고등학교를 졸업하고야 다시 내 공부를 시작했다. 동생들보다도 늦었지만, 억울해하지 않고 당연하게 여겼다. 언니니까, 누나니까 그래야 한다고 생각했다. 내가 갖고 있었던 그런 생각이 맏이 의식이라면 동생이 갖고 있었던 건 막내의 권리일까.

# 무엇을 남길 것인가

내가 가끔씩 꺼내 보는 물품 중에 병풍이 하나 있다. 한 면에는 까치와 매화, 국화, 감나무 등이 주로 그려져 있고, 다른 한 면에는 시경과 명심보감에서 발췌한 글귀가 쓰여 있다. 그림마다 글씨마다 정산(靜山)이라고 찍힌 낙관을 보면, 정성스럽게 그림을 그리고 붓글씨를 쓴 작품에 힘주어 낙관을 찍는, 단아하고 깨끗한 선비의 모습이 보이는 듯하다.

정산, 그분은 나의 큰외삼촌이다. 어릴 적에 나는 솔직히 외삼촌이 두렵고 부담스러웠다. 당신의 자녀 못지않게 우리들을 챙기고 보살폈는데도, 나는 외삼촌을 공연히 어려워하고 멀리했다. 그래서 외가에 갔을 때 외삼촌이 퇴근하여 들어오는 소리가 나면, 짐짓 자는 척했다. 외삼촌이 내 머리를 쓰다듬으며 "어느새 잠들었네. 부러 일찍 들어왔더니만" 하며, 아쉬워하셨다. 어머니와 밤늦도록 이야기를 해도 나는 일어나지 않았다. 일찍 아버지를 여읜 나는 아무래도 남자 어른에 대한 기피증 비슷한 것이 있었던 모양이다. 그래서 외삼촌을 섭섭하게 한 적이 많았다. 그런 철없는 행동은 내가 결혼하고 나서 가셨다. 내가 결혼할 때 외삼촌은 직접 쓴 축시와 함께, 당부의 말씀을 적은 편지를 건네주셨는데, 그 감동은 오래도록 나의 가슴에 남아 있다.

65세에 퇴직한 외삼촌은, 서예와 그림, 독서로 여생을 보내셨다. 그러다가 병풍을 만들기 시작하셨다. 자녀들과 조카들에게 무언가 하나씩은 남겨주어야겠다고 생각하신 모양이다. 외삼촌에게는 우리 삼남매를 비롯하여, 자녀들과 조카들이 스물은 족히 된다. 그 많은 자녀와 조카에게 모두 병풍을 하나씩 만들어주셨는데, 그 작업은 15년 정도의 기간이 걸렸다. 병풍의 그림을 손수 그리고 붓글씨를 쓴 것뿐만 아니라, 힘든 표구까지도 직접 하셨다.

어느 때 외가에 들러보면, 외삼촌의 작은 서재가 온통 창고처럼 변해 있곤 했다. 표구 재료들과 물감 재료들이 널브러져 있고, 외삼촌은 작업복 차림으로 표구를 하고 계셨다.

"요즘 애들이 뭘 그리 좋아할 거라고 저러시는지 모른다. 더구나 아프신 양반이."

외삼촌의 건강이 염려된 외숙모가 핀잔을 하셨다. 그래도 요동하지 않고 하던 일을 마저 하셨다.

"그렇지 않아요. 얼마나 멋진 작품인데요. 그리고 외삼촌의 유산이잖아요."

민망해진 내가 외숙모에게 눈짓을 했다. 그제야 외삼촌은 얼굴에 화기가 돌았다.

"그래, 바로 그거야. 내가 죽고 나도 너희들이 이 글의 뜻을 보며, 외삼촌의 가르침이려니 하고 살기를 바라는 마음뿐이야. 그림은 나 본 듯이 보고 말이야."

그랬을 거다. 외삼촌이 바라는 것은 그것뿐이었을 거다. 폐암이라는 무서운 암과 싸우면서도 그 작업은 멈추지 않았다. 나중에는 틈틈이 2년에 한 작품을 할 정도로, 작업의 진도가 나가지 않았지만 혼신을 다하셨다. 나중에 만든 작품이 이상스레 더 좋아 보여서 내가 더 좋다며 부러워했더니, 모두 만들어주고 그래도 여력이 있으면 액자를 하나 해주겠다고 하셨다. 그때 입가에 맴돌던 흐뭇함이 깃든 미소를 잊을 수 없다. 그러나 병이 더욱 깊어져서 액자를 내게 만들어주지 못하고 하늘나라로 가셨다.

내가 외삼촌의 빈소를 찾았을 때, 외사촌 동생은 아버지가 언니를 무척 보고 싶어 했다며 울었다. 그리고 액자 못 만들어줘서 어쩌냐고도 하셨단다. 돌아가시기 3일 전에 외삼촌과 나는 마지막 통화를 했다. 그때 나의 등단 소식을 들은 외삼촌의 목소리에는 생기가 났었다.

"그래, 장하다. 내가 못 이룬 꿈을 네가 이루었구나. 부디 좋은 글 써라."

몇 번이고 좋은 글을 써야 한다고 부탁하셨다. 그때 들은 외삼촌의 목소리는 아직 귀에 생생하게 들린다. 그러나 좋은 글은커녕, 여전히 내 앞가림도 제대로 못한 채 허둥대며 살고 있으니.

지금은 가정에서 치르는 행사가 거의 없다 보니, 사실상 병풍을 사용할 일도 드물다. 나는 명절 때 한 번 꺼내서 안방에 쳐놓기도 하고, 손님이 오면 가끔 보여주고 외삼촌이 해주신 거라며 자랑 삼아 이야기한다. 내가 소중하게 생각하는 것 가운데, 보이는 것도 있고 보이지 않는 것도 있다. 외삼촌이 손수 만들어주신 병풍은, 글과 그림을 보면서도 그 소중함을 느끼지만 그 안에 스며 있는 의미와 사랑은 더욱 크게 가슴에 와닿는다.

가끔 생각한다. 나를 기억하는 사람에게 무엇을 남길 수 있을까.

생각하면 마음 한 편에 온기가 도는 사람이면 다행이겠는데……. 한 것도 없으면서 욕심만 부리는 것 같아 씁쓸하다.

# 밥 한 끼

새해가 시작되는 첫날, 수첩에 하나하나 적기 시작했다. 올해 밥 한 끼라도 꼭 대접하고 싶은 사람들의 이름이다. 이름을 하나씩 적으며, 그 사람들이 내게 베푼 사랑과 관심이 고마워, 눈에 눈물이 가만가만 고였다. 그러다 큰 눈물방울이 되어 얼굴을 타고 흘러내렸다.

남편이 아프기 전에는 나도 이웃에게 작으나마 베푸는 사람이었다. 곳간이 넉넉하지 못한 살림살이에도 베풀기 좋아했던 어머니를 닮아, 나도 가족들에게나 친지들에게 나누어주기를 좋아했다. 그러나 남편이 아프고 통장이 바닥나자 나도 모르게 인색해졌다. 아픈 사람을 보살펴야 한다는 중압감과 아이들 학비 또 생활비 등으로, 10원을 쓰는데도 생각을 해야 할 정도로 궁핍했고 여유가 없어졌다. 그러면서 나는 솔직히 너무도 인색한 사람이 되어버렸던 것 같다. 무엇보다 나에게 인색했고 주위를 돌아보는 것에 인색했다. 부끄러운 일이다. 그러나 변명하자면 남에게 빌리러 가지 않으려면 어쩔 수 없었다.

그렇게 달려오기를 10여 년 세월. 한숨 돌리고 가만히 뒤를 돌아보니 고마운 사람들이 너무도 많다. 가족부터 시작해서 이웃과 친지들 그리고 동료들까지. 생각나는 대로 이름을 하나하나 적어보았다. 그 사람들에게 어떤 식으로 보답을 해야 할까. 고맙다는 표시를 작지만 하고 싶었고 해야 한다고 생각했다. 그래서 고심 끝에 떠오른 방법이 밥 한 끼 대접하기다. 함께 밥을 먹으며 고마웠다는 이야기를 꼭 하고 싶었다.

정월부터 시간이 되는 대로 고마운 사람들과 함께 식사를 했다. 그 중에는 스승님이 계시고, 선배도 있고 후배도 있고 친구도 있다. 물론 가족들 가운데 우리 딸을 비롯하여 어머니도 계시다. 그 외에 우리 애들 유치원 원장님도 있고 동료 선생님들도 있다. 이웃집 주부도 있고 문화교실에서 만난 수강생도 있다. 참 다양하고 많다. 그만큼 나는 많은 사람들로부터 사랑과 관심을 받아왔다. 그런데도 그걸 잊고 살았다니, 참 어리석고 뻔뻔한 사람이 바로 나다.

시간을 서로 맞추고 만나기가 쉽지는 않았다. 현대인들은 날마다 바쁘니까. 몇 번의 시도 끝에 만난 사람이 있고, 여전히 못 만난 사람들도 있다. 물론 쉽게 만나게 된 사람도 있다. 그분들과 식사를 하면서 오늘 식사비는 제가 낼 테니 아주 맛있는 걸로 주문하세요 하면, 대부분 약간 뜨악한 표정이었다. 그러면 할 수 없이 경제적으로 심리적으로 한숨 돌리게 되었다고 경과 보고 비슷한 걸 한 후, 고맙고 큰 힘이 되었다고 말했다. 밥 한 끼 꼭 대접하고 싶은 분 명단에 들어 있다고 하면, 정말이냐며 무척 행복하고 즐거워했다. 그 모습을 보면 내가 더 행복해진다. 좋은 사람과 함께 밥을 먹는 것만으로도 좋은데, 좋은 이야기를 나누는 시간은 그야말로 엔도르핀이 솟는 행복한 순간이다.

이제 올해도 반이 다 갔다. 수첩을 보니 2/3 정도가 표시돼 있다. 그중에는 한 번이 아니라 여러 번 함께 밥을 먹은 사람도 있다. 참으로 풍요롭게 올해의 반을 보낸 것 같다. 스스로 뿌듯함을 느꼈다. 얼른 얼른 올해가 다 가기 전에 나머지 사람들에게도 식사 대접을 하고 싶다. 욕심을 부린다면 그 사람들에게 아니 내 주위의 많은 사람들에게, 나도 좋은 사람으로 기억되고 싶다. 밥 한 끼라도 꼭 함께 하고 싶은 사람으로.

이제 어느 정도 생활이 안정되었다. 힘든 시간을 어떻게 건너왔는지 모르겠지만 모든 게 다 지나간다더니 그 말이 맞다. 현재의 내가 있게 된 것이 어찌 내 노력뿐이겠는가. 참으로 많은 사람들의 사랑과 격려 그리고 관심 속에서, 바람과 햇볕과 지나며 스치는 사람들의 옷깃 속에서, 자라고 상처가 아물고 몸과 마음이 여물어진 것이 아닌가 말이다.

원수는 물에 새기고 은혜는 돌에 새기라는 옛말이 있다. 그런데 너나없이 반대로 할 때가 더 많은 것 같다. 잘하다가 한 번 잘못하거나 서운하게 하면 그것만 크게 부각되어 은혜를 잊어버린다. 순식간에 원수가 되어버린다. 그래서 원수는 돌에 새기고 은혜는 물에 새기고 만다. 생각하면 참으로 뻔뻔한 게 사람이다. 이제는 누가 섭섭하게 하면 고마웠던 때를 먼저 생각하리라. 쉽게 될지는 미지수지만 노력은 해보리라.

한동안 내가 대접하는 밥 한 끼는 계속될 것 같다. 수첩에 미처 기록하지 못한 이름이 무척 많으니까. 그리고 시간이 지날수록 하나씩 속속 더 떠오를 테니까.

# 아름다운 우리말 열 개

쑥버무리, 작은아씨, 쌉싸름, 동글동글, 개울, 올갱이, 꽃다지꽃, 아우, 토끼풀꽃, 가없는



지난주에 고향집에 다녀왔다. 대문을 막 들어서니까 어머니께서 부엌에서 무언가를 만들고 계셨다. 뭐하시기에 딸이 오는 것도 모르시냐고 물었더니, '쑥버무리'를 한다고 하셨다. 어려웠던 옛날에 쑥을 많이 넣고 쌀가루나 싸라기를 약간 섞어 쪄 먹었는데, 어제 들에 나갔다가 애쑥을 뜯어 왔다고 하셨다. 찬바람이 채 가시지 않은 밭둑에서 이제 막 올라오는 어린 쑥을 뜯느라 한참 동안 허리를 펴지 못했을 어머니의 모습이 떠올랐다. 힘들게 뭐하러 그러셨냐는 내 말에 어머니는 대꾸도 않고 쌀가루에 버무린 쑥을 시루에 안쳤다.

"이거 서울 '작은아씨'가 먹고 싶다기에 했다. 네 편에 보내라고 전화했더라."

"고모가? 고모는 이런 음식이 질리지도 않나? 옛날에 많이 먹었다면서요."

"그래도 봄이면 한차례씩 생각이 나는 모양이야."

"그런데 엄마는 아직도 작은아씨유? 칠순을 넘긴 할머니한테."

"작은아씨가 작은아씨지 뭐라고 부를까. 지금 애들처럼 고모라고 하나? 습관이 돼서 싫다. 왜 이상하냐?"

"아니요, 엄마! 좋아요. 고전적이기도 하고. 흐흣."

지금은 손아래 시누이를 아이들 빗대어 고모라고 부르지만 어머니는 꼭 작은아씨라고 부르신다. 예전에 외가에 가면 외숙모가 어머니에게 작은아씨라고 불렀다. 그때는 이상했는데 지금 생각해보면 참 아름다운 우리말이다.

막 쪄낸 쑥버무리를 입에 넣으니 '쌉싸름'하고 향기로웠다. 어머니와 마루에 앉아 봄바람을 맞아보는 게 얼마 만인가. 건너다보이는 산자락에는 연둣빛 나뭇잎이 피어나고, 마당 한쪽 화단에는 상사화 잎이 어느새 무성해졌다. 봄은 쑥 향으로부터 오는 게 아닌가 싶을 정도로 입안에 가득 퍼지는 쑥버무리 맛을 느끼며 마당에 내리쬐는 봄볕을 바라보았다.

시간을 거슬러 그 옛날로 돌아간 듯했다. 그 옛날 멱 감고 '올갱이' 잡던 수정처럼 맑은 '개울'에 가보고 싶은 생각이 불현듯 들었다. 지금도 노란 '꽃다지꽃'이 피어 있을까. 또 하얗고 '동글동글'한 작은 돌멩이들도 그대로 있을까. 빨래하던 넓고 편편하던 커다란 돌도 그대로 있을까. 견딜 수 없는 궁금함으로 대문을 나서는 내게 어머니께서 어디 가느냐고 물으셨다.

"개울에 가보려고요."

"거긴 왜?"

"올갱이 있나 하고요. 또 들풀도 보구."

"이제 물이 다 오염돼서 올갱이가 어딨다구. 없어, 풀은 천지가 풀인데 뭔 풀을."

만류하는 어머니를 뒤로 하고 개울가로 나갔다. 논바닥에는 뚝새풀들이 푸른 양탄자를 펼쳐놓은 듯 푸르렀다. 그런 풍경은 예전과 별반 다르지 않았다. 토끼풀들 또한 지천으로 나 있는 개울둑에 잔디도 파랗게 올라오고 있었다. 가만히 보니 꽃다지꽃이 노랗게 피어 봄바람에 한들거리는 게 아닌가. 예쁘다, 곱다, 참 아름답다. 개울둑에 앉아 한참을 바라보노라니, 까르르 까르르 잘 웃던 '아우'가 옆에 있는 것 같은 착각이 들었다.

어린 시절, 아우와 나는 이런 봄이면 바짓가랑이를 둥둥 걷고 맑은 개울물에 들어가, 까맣고 기다란, 소라처럼 생긴 '올갱이'를 잡곤 했다. 금세 한 움큼씩 잡히는 올갱이 잡이에 열중하다 보면 해가 넘어가기 일쑤였다. 붉은 노을이 개울물에 얼비치어 붉게 물들고, 따뜻하던 바람에서 약간 선득함을 느낄 때쯤 우리는 개울에서 나왔다. 그러고는 둑에 앉아 시원한 바람을 맞으며 눈앞에 펼쳐진 보리밭을 쳐다보았다. 그때는 보리 이삭이 팰 때쯤이었다. 아우와 나는 하얗고 향기가 짙은 '토끼풀꽃'으로 화환을 만들어 서로 씌워주곤 했다. 아무것도 아닌, 우습지도 않은 이야기에 까르르 웃음을 터뜨리며 우리는 잔디와 토끼풀꽃 그리고 꽃다지꽃이 수놓인 개울둑에서 뒹굴었다.

"왜 그러고 앉아 있어?"

어느새 어머니가 등 뒤에 서 계셨다.

"엄마, 언제 나오셨어요?"

"너 기다리다 하도 안 오기에 나왔지. 물에는 안 들어가 봤지?"

"네, 물이 깨끗하지 않네요. 그래도 옛날 생각이 나요."

어머니는 여기가 물 많고 물고기와 올갱이가 많은 곳이었는데 다 버렸다며 혀를 찼다. 윗마을에 있는 축사 때문에 앞개울이나 뒷개울이나 매한가지라고 하셨다.

어머니와 집으로 돌아와 이른 저녁을 먹고 돌아갈 채비를 했다. 무슨 보따리가 그리 많은지 어머니는 대여섯 개나 되는 꾸러미를 차에 얹어주셨다. 이게 다 뭐냐는 물음에 별것 아니지만 갖고 가서 먹으라고 하셨다. 그리고 두 개는 어머니의 '작은아씨'인 고모네 집에 갖다 주라고 하신다.

차에 올라 시동을 걸자 어머니는 차창 밖에서 어서 가라고 손짓을 해댄다. 어머니의 손짓을 뒤로 하고 백미러를 통해 서 계시는 어머니를 쳐다보았다. 어쩌다 한 번 선심 쓰듯 고향집을 찾는 내가 한없이 부끄러웠다. 멀어질 때까지 손을 흔들고 계시는 어머니를 보며, '가없는' 사랑을 다시 또 느끼며 가속 페달을 지그시 밟았다.

# 콩나물 한 시루

설이 지나자마자 예서제서 결혼식 소식이 들려왔다. 봇물 터지듯 밀려드는 친구와 이웃 그리고 친척 자녀의 결혼식에, 어느새 세월이 흘러 결혼할 때가 되었나 생각하니, 자녀를 결혼시키는 사람들이 은근히 부럽기도 하고, 꿈쩍도 하지 않고 있는 우리 애들이 공연히 밉기도 했다. 물론 내 어깨는 더 무겁고 마음도 싱숭생숭해졌다.

대부분의 결혼 소식을 바람결에 들은 것이니까, 결혼식이 있기 보름 전까지는 혼주로부터 청첩장이 오거나, 적어도 전화 정도는 오리라 생각하고 대충 시간을 내놓고 있었다. 그런데 결혼식 날짜가 다가와도 청첩장은 물론, 전화도 한 통 오지 않는 것이었다. 친구들의 경우에는 동창회 총무가 단체 문자를 보내긴 했지만. 진퇴양난이었다. 정식으로 초대를 받지 않았으니 갈 수 없고, 친분을 생각할 때는 안 갈 수도 없고.

가까운 친구에게 전화를 걸어서 청첩장을 보내왔는지 물어보았다. 친구도 받지 않았다는 것이다. 그러면서 말한다.

"뭘 그렇게 까다롭게 굴어. 단체 문자 왔으니까 그냥 가면 되지 않아?"

"그건 총무가 단체로 알리는 거지. 혼주로부터 초대받은 건 아니잖아."

혼사에는 초대하지 않으면 안 가는 게 예의인데, 그냥 가면 되다니 나로서는 친구의 말이 더 이해가 안 간다.

"요즘엔 다 그래. 바쁜 세상에 뭘 그렇게 까다롭게 따져."

친구는 어이가 없다는 말투다. 오히려 내게 힐난조다. 그리고 까다롭게 따지는 사람으로 낙인 찍힌 것 같다.

솔직히 결혼식에 가려면 하루 시간을 내야 하고, 축하금도 마련해야 하는데, 아무리 결혼 준비로 바쁘다고 해도 청첩장 내지 전화 한 통은 하는 게 혼주로서의 예의라고 생각한다. 그것이 없다면 초대하는 게 아니라는 생각이 들어서, 도저히 결혼식에 갈 수가 없어 고민이 되었다. 결혼식 전날까지 혼주로부터 전화가 오기를 기다렸지만 허사였다. 동창생이기는 해도 가까이 지내는 터가 아니라, 초대하지 않은 결혼식에 굳이 가는 것도 내키지 않아, 결국 가지 않고 말았다. 그러나 마음이 가볍지 않았고 유쾌하지도 않았다. 묘한 기분이 들었다.

다른 친구 딸이 그 며칠 후 결혼한다는 소식이 또 단체 문자로 들어왔다. 괴로웠다. 이번에는 연락이 안 오면 어쩌나 싶어 내가 더 노심초사했다. 지난 송년회 때 내 전화번호를 입력해달라고 해서, 그 친구의 휴대전화에 내 전화번호를 입력해줬는데 설마 오겠지 싶었다. 그런데 아무런 연락이 오지 않았다. 결혼식 날짜를 며칠 앞두었는데도 전화 한 통이 없다. 뭐라고 할 수 없는 기분이 들고 마음 한쪽이 서늘했다.

결혼식을 하루 앞두고 다른 친구에게서 전화가 왔다. 내일 결혼식장에서 만나자는 것이다. 초대를 받지 않았다는 말은 못 하고 어렵겠다고 했다. 이유를 묻는 친구에게 일이 있어서 못 간다고 했다. 친구가 내게 그럼 축의금을 어떻게 할 거냐고 물었다. 내가 꼭 내야 하는 세금도 아니고 연락도 없는 사람의 혼사에, 축의금을 낼 것까지야 무에 있으랴 싶어서 머뭇거렸다. 그랬더니 친구가 계좌번호를 보낼 테니 거기로 보내라고 했다. 누구 계좌번호냐고 물었더니, 이번에 결혼시키는 그 친구의 통장 계좌번호란다. 이게 무슨 일인가 싶고 내가 잘못 들은 건 아닌가 싶어서 재차 물었다. 친구는 내 의도를 짐작한 듯 요즘 편리하게 다들 그렇게 한다고 말했다. 나로서는 참으로 이해할 수 없는 '편리함'이다. 급한 일이 생겼다며 서둘러 전화를 끊었다.

지난주에 또 다른 친구 아들의 결혼식이 있었다. 결혼식 한 달 전에 청첩장을 받았고, 시간이 되면 놀러 오라는 혼주의 전화도 받았다. 모처럼 흔쾌히 즐거운 마음으로 결혼식에 다녀왔다. 어제는 바쁜데도 결혼식에 참석해줘서 고맙다는 전화까지 걸려왔다. 오히려 내가 더 고마웠다. 즐겁고 유쾌한 기분으로 갈 수 있었고 축하해줄 수 있었기 때문이다.

초대받지 않은 결혼식에 선뜻 갈 수 없는 내가, 정말 까다로운 사람인가. 그리고 혼주의 계좌번호로 축의금만 입금시킬 수 없는 내가, 까다로운 것일까. 정식으로 초대한 사람에게 오히려 고마운 마음이 드는 내가, 정말 까다로운 사람인가. 그야말로 '애정남'에게 물어봐야 할까 보다.

예전에는 남의 집 혼사나 회갑 등이 있으면 형편껏 보탰다. 돈으로 축의금을 내더라도 넘치거나 모자라지 않는 보통 막걸리 한 통 값의 부조를 했다. 축의금을 지나치게 많이 내는 것도 흉이었다. 축의금 준비가 어려우면 콩나물 한 시루나 두부 한 판으로 부조를 했다. 아무개 집 혼사에 쓸 콩나물을 정성껏 기르던 할머니의 모습이 아직도 내 기억에 생생한데, 변해도 너무 변한 세상이다. 날짜에 맞춰 콩나물이 자라지 않을까 봐 또는 웃자랄까 봐 노심초사하며 정성을 다하던 할머니의 모습을 어떻게 돈으로 계산할 수 있을까. 돈은 흔해졌을지 몰라도 진정성은 날마다 희소해지고 있다. 그래서 할머니의 콩나물 한 시루가 그립다, 눈물겹도록.

# 밀가루 반죽 같은 유연함으로

밀가루 반죽처럼 말랑말랑한 게 또 있을까. 밀가루에 물을 부어 치대기 시작해 주무르고 또 주물러, 겨드랑이 속살처럼 보드랍고 말랑한 반죽을 만드는 데는 한 시간이 족히 걸린다. 그렇게 만든 밀가루 반죽의 탄력은 신비로울 정도로 강하다. 어릴 적에 어머니가 해놓은 반죽을 몰래 꾸욱 눌러보곤 했는데, 그때마다 눌렀던 손가락을 떼는 순간 공처럼 튀어 오르는 탄성에 놀라곤 했다. 어머니는 가끔 그렇게 만든 밀가루 반죽을 한 줌 떼어주셨는데, 그러면 그것으로 소꿉놀이 그릇을 만들었다, 인절미를 만들었다, 기차를 만들었다, 하면서 놀았다. 그렇다. 밀가루 반죽으로 못 만들 게 없다. 과자나 빵을 만들 수 있고, 수제비나 국수를 만들 수도 있다.

소설과 영화의 관계를 보통 밀가루 반죽 같다고 한다. 소설이 밀가루 반죽이라는 것이다. 소설의 서사나 모티브를 시나리오로 각색하여 영화를 만들 수 있다. 그렇게 볼 때 소설은 보물 창고와 같다고 할 수 있지 않을까. 무궁무진하게 시나리오로 각색되어 재탄생될 수 있으니까. 소설이 영화로 만들어지는 데에 서사를 그대로 차용하기도 하지만 꼭 그럴 필요는 없으며 실제로 그렇지도 않다. 영화가 갖고 있는 시간적 제약 영향이 있겠으나 그보다는 소설에서 현장감 있게 보여주지 못하는 것을 영상으로는 보여줄 수 있기 때문인지도 모른다.

임권택 감독의 영화 〈서편제〉는 이청준의 소설「서편제」를 영화화한 작품이다. 소설만으로도 충분히 '한'이 승화된 질박한 '소리'의 멋을 느낄 수 있다. 그러나 영화를 통해 더 깊고 확장된 '소리'의 맛을 경험한다. 남도의 풍광과 어우러진 소리는 우리의 지난한 삶과 그 안에 똬리를 틀고 있으나 아프기만 한 것이 아닌 승화된 한을, 아름답고도 구성지게 풀어내고 있다. 그것이 종합예술인 영화의 맛이고 깊이다. 길고도 구불거리는 산길에서 펼쳐지는, 북과 소리와 춤이 어우러진 〈진도아리랑〉은 우리 민족의 삶이고 한이며 웃음이고 울음이다. 듣기만 해도 가슴 깊은 곳으로부터 올라오는 응어리와 함께 눈물이 고이고 목이 멘다. 소설에서 느낄 수 없는, 오감을 뒤흔들고 깨우는 영상과 음향은, 영화가 갖고 있는 힘이고 매력이다.

영화 〈서편제〉를 보기 전까지 나는 일종의 편견을 갖고 있었다. 영화는 소설이 가지고 있는 상상력을 방해한다고 말이다. 그래서 소설을 영화로 만든 것에 관심을 갖지 않았다. 어떤 경우에는 의도적으로 피하기까지 했다. 상상하면서 읽는 재미를 영화가 빼앗는다는 생각이 오래도록 나를 지배했던 것 같다. 어떤 소설은 시나리오로 각색되면서 주인공 이름을 바꾸거나 서사를 가감하기도 하고, 시간과 공간적 배경이 달라지기도 하는데, 나는 그것을 못마땅하게 여기기도 했다. 그래서 소설을 영화로 만든 것은 더 관심을 갖지 않았다. 그런데 영화 〈서편제〉를 보고는 생각이 달라졌다. 때로는 내가 생각했던 대로 소설보다 만족스럽지 못한 영화가 있으나, 소설을 한층 더 빛나게 하는 영화도 있다는 것을, 놓치고 있었던 것이다. 아무튼 영화 〈서편제〉 이후 나는 소설을 영화화한 작품에 유연한 사고를 갖게 되었다. 말랑말랑한 밀가루 반죽 같은 유연함을.

소설의 서사나 모티브를 활용하여 시나리오로 각색하는 과정에서 또 다른 작품으로 탄생된다. 심지어 전혀 상관없는 작품처럼 생각될 정도로 소설과 다른 작품도 있다. 지명이나 어느 한 장면만 소설과 유사하거나 같고, 모티브만 차용했을 뿐인. 김승옥의 소설 「무진기행」을 영화로 만든 〈안개〉는 서사가 동일하나 영화 제목이 다르다. 물론 주인공 이름도 다르다. 그러나 소설을 쓴 작가가 각색을 했기 때문인지 내용이 소설과 일치한다. 그럼에도 소설의 분위기와 영화의 분위기는 사뭇 다르다. 음악과 시각을 통해 전달되는 장면들 그리고 배우들의 연기가 그렇게 만든다. 결국 소설을 영화로 만들었다 해도 느낌은 전혀 다를 수 있는 것이다.

최근에 소설과 영화를 함께 본 작품은 필립 노이스 감독의 2014년 작 〈The Giver : 기억 전달자〉이다. 같은 제목의 로이스 로리 원작 소설을 영화로 만들었다. 이 영화는 중심 서사나 모티브는 소설과 유사하다. 그러나 마지막 부분에서 주인공이며 기억 전달자가 된 조너스가 마을을 탈출하고 난 후, 조너스의 친구들이나 마을 사람들의 이야기가 부연되고 있는 점이 다르다. 독자의 상상에만 맡겨둘 후일담이 영상을 통해 상영됨으로써 사이언스 픽션 즉 SF가 더욱 개연성 있게 다가온다. 소설의 내용과 다른 부분이 있고, 생략되는 사건이나 내용이 있으며, 사건의 시간 순서가 다르게 배치되기도 한다. 그러나 그것은 짧은 시간 안에 소설의 내용을 다 담을 수 없기 때문으로 이해된다.

밀가루라는 재료는 같으나 그것을 반죽하여 국수나 수제비 또는 과자와 빵 등 새로운 음식이 만들어지는 것처럼, 소설과 영화의 관계는 그러하다. 소설이라는 밀가루 반죽은, 서사 또는 모티브를 차용해 새로운 이야기를 만들어내는, 영화의 보물 창고다. 이 보물 창고는 날마다 더 풍성해질 것이다. 다양한 주제와 사회 현실의 문제를 담고 있는 소설이 숱하게 창작되고 있기 때문이다. 아울러 소설과 영화의 관계는 서로 보완적이면서도 독자적으로 발전할 것이다.

소설이 영화로 탄생할 때, 어떻게 재구성되고 내용이 부연되며 생략되는지, 그럼으로써 얻을 수 있는 효과가 무엇인지 탐색하는 것도 재미있다. 간혹 영화가 먼저 나오고 그 시나리오를 바탕으로 재구성해 소설로 만든 작품도 있다. 그러나 밀가루 반죽 같은 소설, 그것으로 만든 과자나 빵 같은 영화, 소설과 영화를 함께 읽고 보는 것은 색다른 즐거움이다. 인생을 말랑말랑한 밀가루 반죽 같은 유연함으로 살아가는 것 또한, 새로운 즐거움이지 않을까.

# 당호, 월하산방

거의 10여 년 만에 선생님을 찾아뵈었다. 정릉 산자락 햇살이 온 집 안 가득 들어오는 곳이었다. 얼른 내 손을 잡으며 선생님이 나를 맞아주셨다. 아직 정정한 모습이어서 속으로 다행스러웠다. 집은 책과 족자, 도자기 등이 집 안을 채우고 있을 정도로 고풍스러운 분위기였는데, 선생님은 더 그렇게 보였다.

선생님은 대학 때 은사님이다. 아동문학에 대한 전반적인 것을 가르쳐주셨고, 내가 작가의 길로 나아가도록 길을 열어주신 분이다. 처음으로 호를 내려주고 직접 전각을 해서 주시며 저서가 나오면 낙관을 찍어서 지인들에게 주라고 하셨다. 학교에서의 가르침뿐 아니라 인생에 대하여 이러저러한 가르침 또한 주신 분이다. 그런데도 선생님을 뵙지 못한 지가 거의 10년이 되었다. 가끔 전화로 안부를 묻는 정도였는데, 그것도 대부분 선생님께서 먼저 하시는 경우가 많았다.

아침에 선생님께서 전화를 하셨기에 오늘 뵐 수 있느냐고 했더니, 선생님은 반색을 하며 만나자고 하셨다. 대뜸 찾아뵙겠다고 한 것도, 실은 너무 죄송해서였다. 서너 달쯤 전인가 보다. 지난가을에 이사한 처음으로 마련한 내 집에서 살다 보니, 선생님께서 지어주신 당호가 이 집에 꼭 맞아 놀라웠다. 산자락 아래인 우리 집은 달이 뜨면 거실에서도 달이 훤히 보이니 당호인 '월하산방'이 그렇게 잘 어울릴 수가 없는 것이다. 선생님과 통화 중에 당호가 참 잘 어울리는 집으로 이사했는데, 10여 년 전에 어떻게 아시고 이런 당호를 지어주셨냐며 당호를 집에 걸고 싶다고 했다. 그랬더니 두어 달 전 통화에서 당호를 나무판에 파놓았으니 언제 들르라고 하셨는데, 아직도 찾아뵙지 못해 송구하여 얼른 뵈러 가겠다고 한 것이다.

선생님은 직접 나무를 구해 새긴 당호를 내주셨다. '月下山房'이라고 새겨져 있었다. 달빛이 흩어져 온 누리에 뿌려지는 듯한 느낌이 드는 글씨체였다. 선생님 특유의 글씨체로 새겨주셨는데, 썩 마음에 들지는 않는다며 다음에 좋은 나무를 구해 다시 해주겠다고 하신다. 임시로 일단 걸어놓으라고 하셨다. 이만해도 무척 멋지고 훌륭한데 그러실 필요 없다고 하니 빙그레 웃으셨다. 시구를 전각하여 찍은 부채도 두 개 주시고, 그동안 출간한 책도 두 권 주셨다. 그러면서도 자꾸 뭘 줄 게 있어야지, 이런 무엇을 좀 줄까, 하며 서재를 뒤적거리셨다.

선생님을 모시고 밖으로 나왔다. 맛있는 식사를 대접하고 싶었다. 마침 저녁 식사 때가 다 되어가고 있었다. 저녁 햇살이 붉게 타며 서쪽 하늘을 물들이고 있었다. 선생님께서 말씀하셨다. 이렇게 좋은 풍광이니 시가 안 나올 수가 없다고. 조용히 묵상하다가 시상이 떠오르면 시를 쓴다고 하셨다. 욕심 부리지 않고 자연처럼 그렇게 살다가 하나님이 부르면 갈 거란다. 내게는 어머니 같은 마음을 가진 선생이 되라신다. 당신도 평생 그런 마음으로 교육을 했다시며. 한마디, 한마디, 흘려들을 수 없는 선생님의 말씀이 내게 감동을 주었다.

식사를 하며 나누는 이야기도 주옥 같아서 하나도 놓치고 싶지 않았다. 훌륭한 선생님께 배웠다는 게 또 이렇게 놀랍고 고마울 수가 없다. 그런데 제대로 실천하고 있지 못하는 나 자신이 보여서 자꾸 죄송했다. 오래 천천히 식사를 하며 학창 시절 이야기를 하고 가족 이야기도 나누었다. 다 구워진 고기를 내 앞에 놓아주시며 많이 먹고 힘내라고 하시는 선생님은 아버지 같았다. 아버지의 정이 이런 것일까 싶어 그 정을 모르고 자란 내게 연민마저 느꼈다.

식사 후에 선생님께 준비해 간 얼마 넣지 않은 봉투를 용채로 쓰시라고 드렸다. 선생님께서는 정색을 하며 다시 건네주셨다. 이렇게 얼굴 보여주는 것보다 더한 선물이 없다며, 가방에 도로 넣어주셨다. 씩씩하게 잘 살아주는 게 고맙고 대견하다고 하셨다. 얼굴 가득 미소를 띠고 어두운 길 조심해서 잘 가라고, 그리고 조만간 또 만나자며 손을 흔드는 선생님을 뒤로하고 헤어졌다.

집으로 돌아오는데 가슴 가득 포만감이 밀려들어 왔다. 그리고 따뜻한 느낌이 마음을 포근하게 감쌌다. 집에 도착하기 전에 전화가 왔다. 선생님이다. 길 잘 찾아서 가고 있는 거냐고, 오늘 만나서 참 반갑고 기뻤다고 하신다. 전화가 끝나고 나니 이번에는 마음이 든든해졌다.

하나둘씩 켜지기 시작한 한강가의 가로등 불빛은 휘황찬란한 서울의 야경을 만들어내고, 하늘에는 보름에 가까운 볼록한 달이 온 세상을 내려다보며 달빛을 고루 뿌리고 있었다. 월하산방, 포근하고 따뜻한 달빛이 내리는 산자락에 있는 집이라는 의미처럼, 나도 저 달처럼, 좀 전에 뵈었던 선생님처럼, 따뜻한 마음을 나누어주는 사람이 되리라 다짐하며 동부간선도로를 달렸다.

# 그곳에서 살고 싶다

지난 연휴 동안 고향에 다녀왔다. 고향의 모습은 지난 몇 달 전과 달랐다. 우리 마루에 앉아 건너다보이는 산자락에는, 포크레인이 산을 헐어내고 있었다. 어머니 말씀에는 공장을 짓는다고 했다. 내 몸에 흠집을 내는 것처럼 가슴이 아프다. 저 산에는 잔대와 취나물이 참 많았는데, 냉이는 또 얼마나 많았던가. 징검다리가 놓였던 큰 개울에는 튼튼한 시멘트 다리가 자리한 지 오래고, 앞개울은 가뭄으로 말라 물이 조금밖에 없었다. 여름이면 멱을 감고 물고기와 올갱이도 잡던 개울인데, 서리한 복숭아를 개울둑에 앉아 먹곤 했었는데, 아쉽고 아련하다. 헐어지고 있는 산과 마르고 오염된 개울이 마음을 자꾸 쓰라리게 했다.

그런데도 써레질을 한 논바닥에는 물이 가득하다. 머지않아 모내기를 할 것 같았다. 모판에 자라고 있는 모는 사내아이의 머리카락처럼, 연하고 부드러우며 가지런했다. 길가에 쑥이 푸르렀고, 하얀 토끼풀 꽃이 기다란 고개를 쑥 내밀고 피어 있다. 고들빼기와 민들레꽃이 노랗게 피어 바람에 한들거린다. 쓰라린 마음이 조금은 달래지는 듯하다. 저 토끼풀꽃 속에서 동무들과 네 잎 클로버 찾기도 했던 날이 엊그제 같은 착각이 들 정도로.

얼마 전에 이장한 아버지 산소에 성묘를 갔다. 그날 참석하지 못한 것이 못내 마음에 걸렸는데, 고향에 온 김에 다녀오리라 마음먹었다. 우리 고향마을에서 산속으로 10여 분 정도 들어가니까, 작은 마을이 하나 나왔다. 남산골이라고 한다. 네 가구가 살고 있는데 모두 노인들이다. 그곳은 하늘과 가장 가까운 마을 같다. 첩첩산중에 있는 자그마한 마을, 이상스럽게도 그곳에서 오래전에 살았던 것 같은 느낌이 들었다.

남산골 뒷산, 숲이 우거진 산중에 아버지와 증조부모님의 산소가 있었다. 친정에서는 작년에 그곳에 산을 사서, 여기저기 흩어져 있는 조상들의 산소를 여력이 되는 대로 이장하는 중이다. 지금은 네 분을 모셔 왔는데, 내년에는 나머지 모든 분들을 모셔 올 거란다. 지금처럼 의식이 변화한 시대에 이런 일에 힘을 들이는 게 합리적인지 아닌지 따지기 전에, 조상을 받드는 마음에는 경의를 표하고 싶다.

가족묘를 하기 위해 산 땅은 평평하고 좋았다. 산소 아래 저만큼에는 계곡 물이 졸졸 흐르는데, 그 청정함이 수정 같았다. 그 계곡 옆에 연보라색의 으름꽃이 한창이다. 으름꽃이 그렇게 많이 핀 것을 처음 보았다. 도도해 보이는 으름꽃은 소박한 애기똥풀꽃과 잘 어울렸다. 그 어울림이 무척 자연스러워서 기이하게 느껴졌다. 그래서 자연인가 보다. 훌쩍 자란 연한 찔레순을 꺾어 맛을 보았다. 쌉싸래하며 달콤한 것이 옛날 맛 그대로다. 어머니의 나물 바구니 속에 한 움큼씩 들어 있던 찔레순, 그 찔레순은 이맘때 우리들의 좋은 간식거리였다. 그곳에서 그냥 눌러앉아 나도 자연의 일부가 되고 싶었다.

성묘를 마치고 내려오다가 남산골 마을 앞에서 노인을 만났다. 반 세기 전 사람처럼 행색이 낯설었다. 그러나 표정이 맑고 순수했다. 마을의 모습도 소박하고 평온했다. 마을 한쪽에 있는 자그마한 밭에 눈길이 갔다. 저곳에 작업실을 지으면 얼마나 좋을까 싶다. 노인에게 팔려고 내놓은 땅이 있느냐고 물으니 없단다. 사람들의 보는 눈은 비슷하여 내놓기만 하면 금세 팔려버리고 만다고 했다.

산으로 빙 둘러쳐진 가운데 네 가구밖에 살지 않는 마을, 위에는 조상님들과 할머니 그리고 아버지가 계신 곳, 으름꽃과 애기똥풀꽃 갖가지 들꽃과 나무가 자연스러운 곳, 수정 같은 계곡물이 졸졸 노래하듯 흐르는 곳, 산새들과 곤충들이 자유롭게 노래하고 날아다니는 곳, 문명의 소리가 들리지 않고 고즈넉하면서도 청정한 곳, 저 아래 마을에는 사촌들과 어머니가 살고 계시는 곳, 작업실을 짓고 살다가 노년에는 아예 옮겨 앉고 싶은 곳이다.

어머니 이야기를 들으니 그 남산골은 할머니와 아버지 고모들과 삼촌이, 보은에서 이사해서 처음 산 곳이란다. 듣고 보니 지나쳐온 마을의 좁다란 골목도 예사롭지 않다. 정이 간다. 아버지가 놀던 골목이 아닌가. 마을의 우물은 할머니가 물 긷던 곳이고, 그 산자락은 우리 고모가 산나물 뜯던 곳일 게다. 맑은 계곡물에서 빨래도 했겠지. 맞다, 그래서 이상하게도 처음 가본 곳인데 그렇게 친근감을 느꼈고, 심지어 오래전에 살던 곳인 듯 했나 보다. 신비로운 기시감 체험이다.

고향에 다녀온 지 며칠이 지나도 그곳이 내 마음에서 지워지지 않고 으름꽃과 들꽃이 어른거린다. 맑고 자연스러운 향내가 가득했던 그곳에서 살고 싶다. 자꾸만 자꾸만 그곳에서 살고 싶다, 자연과 더불어. 그렇게 자연스럽게 살다가 자연으로 돌아가고 싶다.

# 이제는 서두르지 않고

그렇다, 꿈에나 그려보았던 내 집이다. 이제 내 집에서 눈을 뜨고 내 집에서 밥을 먹고, 내 집에서 책을 보고 내 집에서 일하러 간다. 이사한 지 4년이 넘었는데도 아직 꿈이 아닌가 싶다. 살면 살수록 마음에 꼭 맞는 집이다. 대모산 자락 아래 인능산과 청계산이 건너다보이는 곳, 앞에는 세곡천 맑은 물이 흐르고 왜가리가 날아가고 갖가지 들꽃들이 천변에 피어 있는 곳, 넘치지도 모자라지도 않는 내 마음에 꼭 드는 집이다.

참 오래 기다리고 기다렸던 집이다. 결혼하기 전부터 꿈꾸었던 집인데 이제야 이루어졌다. 결혼 33년 만에야. 얼마나 주변머리가 없으면 이제 내 집 마련을 했나 싶지만, 솔직히 이건 주변머리의 문제가 아니고 상황의 문제였다. 빚지고 집을 사면 살 수도 있었을 테지만, 예전에 빚을 져본 후로는 그게 얼마나 압박감을 주는지 잘 알기에, 빚을 내어 집을 사기는 싫었다. 그런데 그것이 얼마나 유아적인 사고인지 날이 갈수록 깨달았다. 집 살 만큼 돈을 모은 것 같아 알아보면 집값이 올라, 집은 더 멀리 달아나 있었으니까. 그래도 빚 갚기가 얼마나 어려운지 경험한 나로서는 대출받아 집을 사고 싶지는 않았다. 오죽하면 지금도 나는 할부나 월부는 물론 적금도 들지 않는다. 다달이 내야 되는 것은 부담이 되어 싫다. 아무튼 대출 없이 집을 샀다. 잔금 치르고 남은 돈이 2만 9천 원이었으니 우리 형편에도 꼭 맞는 집이다.

단풍이 들어가는 청계산 자락이 거실에 앉아서도 훤히 건너다보인다. 산과 맞닿은 하늘에 구름이 떠가는 것도 다 보인다. 해가 뜨는 것도 볼 수 있고 서쪽 하늘을 물들이며 넘어가는 해도 볼 수 있다. 밤에는 달빛이 가득 거실로 들어오고, 고속도로의 야경이 눈앞에 펼쳐진다. 어느 카페나 펜션에 들어온 것 같은 멋진 풍광을 보고 느끼며, 하루를 시작하고 하루를 마무리 짓는다. 더할 수 없이 쾌적하고, 시설이며 교통이 편리한 환경이다.

나는 집을 사기 위해 무던히도 노력했다. 여러 번 아파트 분양하는 곳에 신청을 해보았고, 빌라라도 살까 싶어 성남은 물론 가까운 광주와 곤지암 더 멀리는 이천과 인천까지, 내가 가진 집값에 가능할 것 같으면 다 가보았다. 그것도 몇 차례나. 그런데도 마땅하게 맞는 것을 발견하지 못했고, 아이들이 결혼하기까지 집을 마련하겠다는 내 계획에 차질이 오는 듯했다. 그러던 차에 두드리면 열린다던가, 꿈을 꾸면 이루어진다던가. 강남 보금자리 아파트 분양에 신청을 했는데, 꿈처럼 당첨된 것이다.

이사해보니 집의 위치나 풍경 심지어 햇살이 들어오는 모습이, 내가 꿈꾸고 그려보았던 그대로다. 그래서 집에 대하여만큼은 불만이 전혀 없다. 이제 이 집에서 내 삶의 나머지 날들을 보내게 될 것이다. 내가 손수 지은 것은 아니지만 항상 그리던 집이라 그럴까, 아파트 정원에 있는 나무 한 그루 풀 한 포기에도 정이 간다.

아침에 눈을 뜨면 거실 창가로 간다. 산자락에 어둠이 걷히고 아침 안개가 걷히는 걸 유유히 바라본다. 그러면서 아침에 내린 커피를 마신다. 내가 이렇게 여유를 즐길 수 있다는 게 또 꿈같다. 커피를 마시고 신문을 읽다 보면 동쪽 하늘이 붉어지며 햇살이 퍼지기 시작한다. 그때 나는 식구들을 위한 아침 식사를 준비한다.

꿈은 이루어진다는 걸 내 생애에 크게 세 번 경험했다. 작가의 꿈, 학위 취득에 대한 꿈, 내 집 마련의 꿈이다. 자잘한 꿈이 이루어진 것까지 합해본다면 꿈은 다 이루어지는 것 같다. 물론 그에 상응하는 노력과 인내가 있어야 하겠지만. 내 집 마련을 하기까지도 참으로 힘들고 고단한 날들을 지나왔다. 그런 가운데에서도 꿈을 버리지 않았다는 게 얼마나 다행인지. 작가의 꿈은 45세에 이루어졌고, 학위 취득의 꿈은 50세 이루어졌고, 내 집 마련의 꿈은 56세에 이루어졌다. 내 꿈들은 모두 비교적 늦게 이루어진 것 같다. 그러나 늦게 그리고 어렵게 얻었기 때문에 더 소중할지도 모른다. 그리고 한 가지 빼놓을 수 없는 것은, 꿈을 이루기까지는 나의 노력뿐 아니라, 알게 모르게 도운 손길들이 숱하게 많다는 것이다.

이순의 나이가 된 올해 이제 또 새로운 꿈을 꾸고 있다. 아무에게도 발설하지 않은 꿈이다. 그 꿈이 이루어지는 날까지 나는 또 걸어갈 것이다. 이제는 서두르지 않고 뚜벅뚜벅 그러나 힘차게…….

# 나를 행복하게 하는 것들

고요한 이른 새벽은 나를 행복하게 한다. 건너편 산자락이, 뿌연 안개가 걷히면서 새벽 기운과 함께 깨어나고, 건물들의 모습이 하나둘 보일 때. 창문을 열면 상큼한 찬 공기가 폐부 깊숙이 들어올 때. 하루의 일과를 조용히 떠올리며 계획을 세울 때. 이슬을 머금고 새벽에 피어 있는 달맞이꽃을 새벽 산책길에 만날 때. 이미 져버린 꽃 가운데 늦둥이로 피어나는 원추리꽃을 볼 때. 마음에 새길 만한 글귀가 적혀 새벽마다 배달되는 카톡 메시지. 동이 트기 전 불그레한 동쪽 하늘은 나를 행복하게 한다.

한번 깬 잠이 더 이상 오지 않아, 컴퓨터를 열고 나만의 글쓰기에 몰입하게 될 때. 타닥거리는 자판 두들기는 소리와 컴퓨터의 팬 돌아가는 소리를 벗 삼을 때. 머릿속을 맴돌다 다듬어져 나온 사고의 조각들이, 하나하나 엮어져 모니터에 기록될 때. 그 한 단어, 한 문장, 한 단락이 흰 공간을 메워나가고, 빠져나간 사유들만큼이나 가슴이 후련해질 때. 프린터를 통해 나온 그 깨알 같은 응어리를, 되새김질하듯 읽는 것은 나를 행복하게 한다.

햇살이 집 안 깊숙이 들어와 고루 퍼지는 시각, 아직도 잠에 빠진 식구들의 고른 숨소리는, 나를 행복하게 한다. 싸르락싸르락 쌀 씻는 소리와 칼질하는 경쾌한 도마 소리로 식구들의 잠을 깨우면, 딸아이가 부스스 일어나 부엌으로 나와 약간 미안한 웃음을 지을 때. 내가 살짝 눈을 흘기면 얼른 욕실로 들어갈 때의 뒷모습. 출렁대는 구불구불한 긴 머리. 말려 올라간 주름 잡힌 잠옷 바지의 끝 부분. 세수를 마친 딸아이에게서 나는 오이향의 비누 냄새. 상차림을 돕는 어설픈 딸의 손놀림. 오순도순 식탁에 둘러앉는 가족들. 식탁 근처까지 들어온 햇살. 소찬이지만 간절히 기도하는 가족들의 모습. 이 모든 것들은, 나를 행복하게 한다.

쉬는 시간에 학생이 뽑아다 주는 자판기 커피. 정성 들여 공부한 흔적이 역력한 리포트. 단정한 글씨체로 성의껏 쓴 시험 답안지. 도서관에서 마주친 아는 학생의 웃는 얼굴. 그 학생은 도서관에서 만나는 친구에게는 내가 차 사줄게라고 했던 말을 떠올렸을까. 아무튼 유난히 환한 표정이었지. 그 학생과 아래층 편의점에 가서 커피를 하나씩 고를 때. 커피를 들고 도서관 밖으로 나왔을 때, 노란 은행잎이 햇살에 반짝일 때. 슬쩍 본 학생의 옆얼굴 살갗과 보송한 솜털. 따끈한 커피 한 모금이 식도를 타고 내려갈 때의 느낌과 향기. 올려다본 하늘만큼이나 맑고 순수한 이 모든 것들이 나를 행복하게 한다.

생일을 잊지 않고 선물을 건네는 아들. 올해 생일 선물은 아이크림이었지. 심사숙고해서 골랐다는 말과 함께 내미는 아들의 큰 손 안에 들어 있는 작은 상자. 너무 작은 것 아니야? 고마움의 표현이 익숙하지 않은 어설픈 말에, 빙긋 웃는 아들. 나도 질세라 딸아이가 내미는 포장 잘 된 상자. 그 안에도 화장품이 들어 있었지. 현금이 더 좋은데 모두 화장품이니? 하면서도 다물어지지 않는 내 입. 그 모습에 웃음을 터뜨리는 아이들. 평범한 하루의 일상에서 가끔 만나는 꿀맛 같은 그 여유와 즐거움, 이 또한, 나를 행복하게 한다.

차 한 잔을 들고 좋아하는 음악을 들으며, 그 음악을 함께 들었던 친구를 떠올릴 때. 그리고 자연히 재생되는 기억들을, 저 아래 자리한 추억의 창고 한쪽에서 건져 올릴 때. 흥이 나면 흥얼흥얼 따라 부르며, 때로는 목청을 높여 부르다가, 피아노 앞에 앉아 반주를 넣어가며 부를 때. 불현듯 그리운 친구가 생각나, 전화를 걸어 친구의 반가운 목소리를 들을 때. 그러다가 갑자기 만나게 된 친구들의, 곱게 나이 들어가는 모습을 보게 될 때. 그 기억들과 우정은, 나를 행복하게 한다.

늦가을의 산행도, 나를 행복하게 했다. 떨어져 누운 낙엽이 발아래서 바스락거릴 때. 훅 끼쳐 오는 낙엽 냄새가 고향집 나뭇간에서 나던 냄새와 닮았다고 느낄 때. 고향 마을의 굴뚝과 뽀얀 연기가 생각날 때. 솔 향을 싣고 부는 산바람에, 머리카락을 날리며 촉촉이 밴 땀을 식힐 때. 몇 잎 남은 나뭇잎이 햇살에 반짝일 때. 산에 오를 때 흐르던 땀이 하산길에 식고 마르며 등줄기에 선득선득함을 느낄 때. 이 모든 것들은, 나를 행복하게 한다.

슬픈 영화나 글을 보며 울 수 있는 감성. 주머니가 가벼워도 여행을 계획하는 낭만. 고민이 많아도 크고 환하게 웃는 단순함. 화장하지 않은 맨 얼굴로 나다닐 수 있는 소박함. 내가 사는 모습을 선뜻 보여주는 당당함. 학문이 깊어지지 못하는 것이, 부자가 되지 못한 것보다 더 부끄러운 순수함. 행복할 요소를 찾으려고 부지런히 애쓰는 성실함. 내가 이러한 것들에 더 가치를 두는 사람이라는 것이, 무엇보다도 나를 행복하게 한다.

# 아들의 별명

요즘 아들 별명이 '장학생'이다. 본인의 요청이 간절해서 가끔 그렇게 불러주긴 하는데, 솔직히 좀 우습다. 다 큰 아들이 어린애처럼 그렇게 불러달라는 걸 보면.

아들이 이번 학기에 장학금을 받게 되었다고 한다. 어떻게 이런 일이 일어났는지 모르겠다며 기쁘고 들뜬 목소리로, 아들은 전화를 걸어 알려주었다. 나 역시 잘못 들은 것 아닌가 싶어 재차 물었다.

"정말이니?"

"그렇다니까요. 엄마, 좋으시죠? 이제는 저를 장학생이라고 불러주세요."

몇 번이고 확인을 하며 기쁨을 나누는데 눈물까지 돌았다.

아들은 지금 서른두 살이다. 대학교 2학년 때 군대 입영과 여러 가지 사정으로 휴학한 뒤 10년 동안이나 학교로 돌아가지 못했다. 그리고 올해 3학년으로 재입학을 한 터였다. 미술대학에서 서양화를 전공하는 아들은 낮에는 학교에서 공부하고, 저녁에는 입시학원에서 강의를 하며, 용돈과 재료 값을 버느라고 늘 고단해했다. 강사료로 학비까지 충당하려고 했지만 쉽지 않아, 지난 학기에는 학자금 대출을 받아 등록금을 냈다. 이번 학기에도 학자금 대출을 신청해야 할 형편인데, 장학금을 받게 되었다니 얼마나 다행인가 말이다. 그것도 졸업할 때까지 등록금의 80%를 받는다고 했다. 물론 조건이 있다. 일정 성적을 유지해야 한다는 것이다.

등록금이 한 학기에 500만 원 정도이다. 얼마 전에 아들의 학교 총장이 한 말이 떠올랐다. 경제적인 여건 때문에 학업을 중단하는 일이 있어서는 안 된다는 말이었다. 그 이야기를 들으며 누구는 그러고 싶어서 그러나, 형편이 그러니까 할 수 없이 그런 거지라며 투덜댔는데. 사람이 이렇게 간사한 것인가. 아들이 장학금을 받게 되었다니까 총장이 한 말이 아주 합당한 말처럼 들리니 말이다. 심지어 아들에게 너희 학교 참 좋은 곳이라고까지 말했다.

만학도에 속하는 아들이 열심히 공부하는 것을 보고, 교수 몇 분이 묻더란다. 왜 학업이 이렇게 늦었냐고, 그리고 수업이 끝나면 작업을 하지 않고 바로 가고 휴일에 작업을 하느냐고. 아들은 솔직하게 학업이 늦어진 이유를 설명했고, 나이 먹어 학교에 다니자니 어머니께 부담 끼치기 죄송해서 학원에서 강사로 일하며 주독야경(?)을 한다고 했단다. 아들의 이야기를 귀담아 들은 교수들이 적극적으로 장학생 추천을 해주었다는 후문이다. 아무튼 아들에게 너희 학교 참 좋은 학교다, 라고 했더니 아들이 호탕하게 하하 웃었다.

미국의 하버드대학은 장학제도가 많다고 한다. 부모의 수입이 어느 정도에 따라 장학금을 받을 수도 있다고 한다. 요즘 우리나라 대학도 장학생 제도가 많이 생긴 것 같다. 장학금 명목도 다양하다. 일정 정도의 성적을 유지해야 하는 경우가 있지만 성적과 상관없이 다른 조건만 맞으면 받을 수 있는 장학제도도 있다. 그런데 이상한 것은 학생들이 이렇게 다양한 장학제도를 잘 활용하지 않는다는 것이다. 그만큼 생활이 풍요로워졌기 때문일 것이다. 그러나 갖추어야 할 서류를 준비하는 게 귀찮아서 신청하지 않는 경우가 더 많다고 한다. 쓴웃음이 나오는 일이다.

나도 일찍이 장학제도의 혜택을 받았다. 명문이라고 일컬어지는 중학교에 합격했지만 가정 형편이 어려웠기 때문에, 중학교 입학을 포기해야 됐다. 그런데 후기로 모집하는 A중학교에 다시 입학시험을 보고 우수한 성적 덕분에 장학생이 되었다. 학교와 근동에 소문이 퍼질 정도로 당시 내가 장학생으로 중학교에 가게 된 것이 큰 이야깃거리가 되었다. 사실과 다르게 신동으로 소문까지 났으니까. 지금도 초등학교 동문회에 가면 내가 장학생으로 입학한 것을 기억하고 이야기하는 선후배들이 있을 정도다. 그때 중학교에 진학하지 못했으면 그 후로도 학업을 지속하기는 어려웠을 것이다. 모교가 된 A중학교는 신설 학교여서 불편한 점이 많았으나 나에게는 감지덕지였다. 중학교 입학을 포기해야 할 시점에서 진학하게 되었기 때문에.

그 후 늦은 나이로 대학에 들어갔을 때도 나는 장학생이었다. 수석자리를 졸업할 때까지 지켰다. 성적우수장학금을 학기마다 받아 그야말로 공짜로 대학에 다녔다. 대학 마지막 학기 때 교수님들께서 말씀하셨다. 공짜로 대학 다녔으니 그 등록금으로 대학원에 가는 게 어떻겠냐고. 사실 대학원 공부까지 엄두를 내지 못했던 나는 그 말씀에 용기를 내어 대학원에 진학했고, 하고 싶은 공부를 마음껏 하게 되었다. 지금도 그때 받은 장학증서를 상자 속에 고이 간직하고 있다. 공부하느라 잠을 제대로 못 자고, 놀지 못했던 시간들까지도 함께.

우리는 아들이 장학금을 탄 기념으로 조촐하게 파티를 했다. 아들이 좋아하는 족발과 막걸리로. 아들에게 우스갯소리로 말했다.

"너희들 이제 '장학생이었던 엄마'로 불러라."

아들은 너무 길고 이상하다며 웃었다. 우리들의 대화에 끼어든 딸이 우스갯소리를 했다.

"장학금 한 번도 못 탄 새미로 불러도 좋아요."

그 말에 우리 식구는 또 웃었다. 아들 덕분에 많이 웃은 날이다.

"엄마, 이제 졸업할 때까지 등록금 걱정 안 해도 돼요."

아들은 무척 기쁘고 행복한가 보다. 연신 웃어대는 모습을 보니, 등록금이 그렇게 걱정이 되었나 싶어 마음이 짠하기도 했다. 막걸리를 한 잔 따라주며 한마디 했다.

"장학생, 어려운 후배들을 위해 나중에 자립하게 되면 어떤 방식으로든 갚아."

장학생이라는 말에 아들은 또 크게 웃으며 고개를 끄덕였다. 고마운 일이다. 공부를 하려고 마음먹고 길을 찾으면 이렇게 열리기도 하니 말이다.

# 명의 이전

남편이 하늘로 돌아간 후부터 그의 명의로 있던 것들을 하나씩 둘씩 내게로 이전하기 시작했다. 대부분 법적으로 명의 이전을 해야 하는 마지막 날까지 버티다가 했다. 이 세상에 존재하지 않는다는 것을 인정하고 싶지 않아서였다. 명의를 바꾸게 되면 이름이 사라지는 것과 동시에 그이도 사라지게 될 것 같았다. 이미 이 세상에 존재하지 않는 사람인 것을 모르지 않으면서도 그렇게 나는 고집을 부렸다. 그러다 보니 과태료가 부과되기 직전에서야 이전을 하게 된 것이다.

참으로 많은 것을 내게 남겨주었다. 그가 이 세상을 떠났다는 걸 신고하자 세대주가 나로 바뀌었다. 주민등록등본을 떼니 나를 세대주로 해서 아이들과 함께 우리 셋의 이름만 남아 있었다. 그 순간 가슴에 아픔을 느끼며 온 세상이 빈 것 같았다. 그 후에 그의 명의로 된, 생애 처음으로 산 우리 집을 내 명의로 바꾸었다. 재산 문제이기 때문에 그런지 명의 이전하는 데에는 시간이 좀 걸렸다. 자동차도 내 앞으로 이전했다. 이름을 바꾸기 싫어서 미루다, 미루다, 서울로 이사 오기 며칠 전에야 했다. 그리고 마지막으로 그의 이름으로 쓰던 휴대전화를 엊그제 내게로 이전했다. 통신사에서 자꾸 명의 이전하라고, 하지 않으면 강제 해지된다고 하는 바람에 할 수 없이 이전했다.

세대주, 아파트, 자동차, 휴대전화 외에 그가 내게 남겨준 것이 또 있다. 명의 이전을 해준 것은 아니지만 말이다. 바로 두 아이다. 가장 소중한 우리 둘의 아이를 내게 남겨준 것이다. 뒷바라지하고 돌보아야 하는 책임까지도. 그러나 그 아이들로 인해 즐겁고 행복할 일이 더 많으리라 생각한다. 물론 두 아이로 인해 가슴 졸여야 할 일도 있을 것이다. 인생은 늘 즐겁기만 한 게 아니니까. 나는 해준 것이 없는데 내게 참 많은 것도 남겨주었구나 싶다.

처음 마련한 집에서 살아보지도 못한, 햇살이 이렇게 많이 들어오는 거실에 앉아 텔레비전을 볼 수 없는, 10만 킬로밖에 타지 않아 더 신나게 탈 수 있는 차에도 더 이상 못 앉아볼, 무엇보다 소중한 두 아이가 장가가고 시집가는 것을 못 보고, 손자 손녀가 태어나도 안아볼 수 없는 사람, 아이들과 함께 그렇게 좋아하는 외식도 이제는 더 못해볼, 그런 사람이 우리가 한시반시도 못 잊고 그리워하는 그 사람이다.

남편이 남겨준 것 가운데 빼놓을 수 없는 것 또 하나가 있다. 그것은 이제야 발견한 것인데, '느긋함'이다. 솔직히 그가 건강할 때 나는 그 느긋함 때문에 속이 뒤집히곤 했다. 행동만 느린 것이 아니라 말도 느렸고 생각하는 것도 느렸다. 성격이 급한 나는 사사건건 그의 느긋함과 부딪쳤었다. 결국 급한 사람이 우물 판다고 내가 앞장서서 모든 일을 처리하곤 했는데 그럴 때마다 부아가 치밀어 속이 부글거렸다. 그의 느긋함이 능력 없음으로 인식될 때도 많았다. 그런데 지금 생각하면 그 느긋함은 여유로움이었던 것이다. 그것은 자신감이기도 했던 것 같다.

모든 것에 조급해하지 않고 느긋한 마음으로 대하는 그였기 때문에 지루하고 긴 병을 그만큼 견디고 살 수 있었던 것 같다. 돌이켜보면 하루 종일 누워 있다시피 해도 그는 아프다는 말을 하지 않았고 지루해하지 않았다. 잠을 자거나 텔레비전을 보며 우리가 집에 들어오기를 기다렸다. 아이들도 아빠는 늘 우리를 기다려주었다며 눈물을 글썽인다. 언제나 우리를 기다려주던 그에게 느긋함이 없었다면 그럴 수 있었을까 싶다. 무엇보다 그는 말년으로 갈수록 많이 웃었다. 늘 웃었다고 해도 과언이 아니다. 아침에 일어나도 빙그레 웃었고 밥 먹을 때도 웃었고 아이들을 보면 웃었다. 나를 보고도 늘 웃었다. 그 웃는 모습이 어찌나 예쁜지 우리는 그를 '천사님' 또는 '요삐님'이라고 불렀다. 느긋함과 여유가 없었다면 그렇게 웃을 수 없었을 것이다.

그가 남겨준 것들을 내게로 명의 이전하면서, 미처 생각하지 못했던 그의 이 '느긋함'도 명의 이전하기로 했다. 그래서 이제 남은 나의 삶을 느긋함을 가지고 살아가고, 두 아이의 앞날도 조급해하지 않고 느긋함을 가지고 지켜봐야겠다. 학생들을 가르칠 때도, 사람들과의 관계도, 여유를 가지고 더 긍정적으로 대해야겠다. 옆을 돌아다보고 뒤도 돌아다보고 앞도 보면서 이제 그렇게 느긋한 마음으로 나아가야겠다. 내 삶에서 그는 늘 내게 가르침을 주는 존재였다는 생각이 든다. 나를 단련시키고 나를 깨닫게 하는 그런 존재 말이다. 지금쯤 이런 내 생각을 알아채고 한마디 할지도 모른다. 성질만 급해서 못 보는 게 더 많더니 이제 뭘 좀 아나 보네, 라고. 그리고 남편은 하늘에서 빙그레 웃을 것만 같다.

# 꿈과의 로맨스

작가가 되고 싶었다. 그 꿈을 가슴에 담게 된 것은 초등학생 때부터였다. 작가가 무엇인지도 제대로 알지 못했을 텐데, 어떻게 그런 꿈을 갖게 되었는지 모르겠다. 읽을거리가 흔치 않았던 어린 시절, 학교 도서실에서 동화책을 한두 권 빌리면, 가슴 가득 기쁨을 안고 한걸음에 집으로 돌아오곤 했다. 숙제도 하기 전에 책을 읽었고, 어느 때는 조급함과 설렘에 길에서 읽기도 했다. 미루나무가 양쪽으로 주욱 늘어선 포장되지 않은 도로, 버스가 지나갈 때마다 뽀얀 먼지가 내 시야를 가리던 하굣길. 고무신 신은 발이 돌부리에 채여도 아픈 줄을 모르고 읽으며 집으로 돌아오곤 했다.

옆집에 사는 친구네 집에는, 중학교에 다니는 오빠가 있었다. 그 위로 있는 오빠들도 모두 중학교만큼은 졸업했기 때문에, 그 집에 가면 교과서가 많았다. 잘 이해할 수 없는 내용들도 많았는데, 그 친구 집에 놀러 가면 책 읽기에 더 빠지곤 했다. 친구는 책만 보는 내 곁에서 머뭇거리다 어느새 밖으로 나가버리고 없었다. 나는 저녁 해가 설핏해질 때까지 책을 읽었다. 노란 저녁 햇살에 눈이 부셨지만 그 즐거움은 말로 할 수 없었다. 저녁 먹으라고 울타리 너머로 부르는 어머니의 목소리도 듣지 못한 채, 독서삼매경에 빠져 있을 정도로.

방학 때마다 외가에 갔었는데, 외가에 가기를 즐거워했던 이유 중의 하나는 책 때문이었다. 외삼촌이나 이모가 읽던 문학전집류와 잡지가 꽤나 있었다. 그 책들은 곡식이나 잡동사니를 두는 골방에 두었는데, 쥐 오줌 흔적이 그려진 천장과 쥐똥이 드문드문 있는 그 어둑한 방에서, 혼자만의 책 읽기에 몰입했었다. 중년의 연세에 이른 외숙이 천안에서 직장 생활을 하기 때문에 골방에 책들을 방치했던 것 같다. 천장을 시끄럽게 오가는 쥐 발자국 소리와 오줌 냄새가 나던 그 골방이 나는 우습게도 그립다. 동화책보다 월간 잡지들과 한자가 섞인 문학작품들이 대부분이었는데, 나름대로 독해하면서 읽곤 했다. 그러면서 작가라는 꿈을 키웠나 보다.

어머니도 책을 좋아하셨다. 어머니가 쓰던 반짇고리 안에는, 지난 장날 빌려온 소설책이 한두 권 있게 마련이었고, 어느 때는 잠결에 어머니의 책 읽는 소리를 듣곤 했다. 동네 마실꾼들이 둘러앉은 가운데 흐릿한 등잔불 밑에서, 목청을 내서 책을 읽어주던 어머니의 모습과 싸락눈이 소리도 없이 내리던 겨울밤에 듣던 어머니의 책 읽는 소리는 유년의 기억 저 아랫목에 자리하고 있다. 그런 정황들은 작가가 되고 싶었던 꿈을 부채질했다.

청소년 시절에 문학가가 되고 싶은 꿈을 꾸지 않은 사람이 얼마나 될까. 나 역시 소녀 시절에는 소월과 만해의 시를 외우고, 현대소설과 세계문학에 심취해서 닥치는 대로 책을 읽었다. 여고 시절에는 엉터리지만 소설을 쓴다고 원고지 뭉치와 씨름도 해봤다. 하지만 성인이 되고 세월이 갈수록 작가의 꿈은 요원하기만 했다. 결혼하고 아이를 낳고 키우고 살림을 꾸려가면서도, 불쑥불쑥 고개를 드는 작가가 되고 싶은 꿈은 나를 참담하게도 했다. 왜냐하면 그 꿈이라는 것이 너무도 먼 거리에 있었으니까. 그것을 인식할 때 한없이 초라해지는 나를 발견했으니까.

마흔 살이 되었을 때다. 이제 생활도 어느 정도 안정되었고, 하고 있는 일에도 이력이 붙어서 능숙해졌다. 그런데도 늘 어딘가 허전했고 채워지지 않는 그 무엇이 있었다. 문학에 대한 관심, 작가가 되고 싶은 꿈, 그 꿈은 신춘문예철만 되면 가슴을 짓누르기도 했고 울렁이게도 했다. 첫사랑의 설렘처럼 여전히 계속되고 있는, 꿈과의 로맨스. 질기고도 질긴 숙명 같은 거였을까. 결국 불혹의 나이에 대학에 다시 들어가 문학 공부를 하게 되었다. 그 행복함이라니…….

몇 년의 시간이 흐른 후 그렇게 바라던 동화와 소설로 등단하여 작가라는 이름을 얻게 되었다. 아직은 작품집을 내지 못한, 턱없이 부족하여 작가라는 말도 실상은 하기 쑥스럽지만. 이제 내 꿈은 이루어졌다. 그러나 그 꿈은 더 깊어지는 사랑을 요구하는 것 같다. 각자 가지고 있는 삶의 무늬를 어떻게 그려낼까. 좋은 글을 쓰는 사람이 되고 싶은 욕망이 자꾸자꾸 커져간다. 아무래도 꿈과의 로맨스는 내 삶이 다하는 날까지 계속될 것 같다.

# 오늘도, 나는 꿈을 꾼다

초판 1쇄 발행 · 2017년 3월 7일
초판 3쇄 발행 · 2024년 2월 28일

지은이 · 최명숙
펴낸이 · 한봉숙
펴낸곳 · 푸른사상사

주간 · 맹문재 | 편집 · 지순이 | 교정 · 김수란
등록 · 1999년 7월 8일 제2-2876호
주소 · 경기도 파주시 회동길 337-16 푸른사상사
대표전화 · 031) 955-9111(2) | 팩시밀리 · 031) 955-9114
이메일 · prun21c@hanmail.net / prunsasang@naver.com
홈페이지 · http://www.prun21c.com



ISBN 979-11-308-1085-0 03810
값 15,900원

# 오늘도, 나는 꿈을 꾼다

요즘 또 다른 꿈을 꾸고 있다.

세상의 잣대로 보면 더없이 소박하고 가볍고 욕심 없는 꿈이다.

그런데 생각해보면 더할 수 없이 큰 꿈이기도 하다.

그 이유는 그 꿈을 현실화하기가 쉽지 않기 때문이다.

이미 물질문명의 편리함과 달콤함을 알고 맛본 나로서는,

맛본 것만이 아니라 그 안에 젖어 있는 나로서는,

쉽지 않은 크고 요원한 꿈이기도 하다.

## 푸른사상 산문선

1 나의 수업시대 | 권서각 외
2 그르이 우에니껴? | 권서각
3 간판 없는 거리 | 김남석
4 영국 문학의 숲을 거닐다 | 이기철
5 무얼 믿고 사나 | 신천희
6 따뜻한 사람들과의 대화 | 안재성
7 종이학 한 쌍이 태어날 때까지 | 이소리
8 노동과 예술 | 최종천
9 은하수를 찾습니다 | 이규희
10 흑백 필름 | 손태연
11 인문학의 오솔길을 걷다 | 송명희
12 어머니와 자전거 | 현선윤
13 아나키스트의 애인 | 김혜영
14 동쪽에 모국어의 땅이 있었네 | 김용직
15 기억이 풍기는 봄밤 | 유희주
16 계절의 그리움과 몽상 | 강경화
17 오늘도, 나는 꿈을 꾼다 | 최명숙
18 뜨거운 휴식 | 임성용
19 우리는 영원하고 사랑도 그렇다 | 김현경 외
20 꼰대와 스마트폰 | 하 빈
21 다르마의 축복 | 정효구
22 문향 聞香 | 김명렬
23 꿈이 보내온 편지 | 박지영
24 마지막 수업 | 박 도
25 파지에 시를 쓰다 | 정세훈
26 2악장에 관한 명상 | 조창환
27 버릴 줄 아는 용기 | 한덕수
28 출가 | 박종희
29 발로 읽는 열하일기 | 문 영
30 봄, 불가능이 기르는 한때 | 남덕현
31 언어적 인간 인간적 언어 | 박인기
32 낡아도 좋은 것은 사랑뿐이냐 | 김현경
33 대장장이 성자 | 권서각
34 내 안의 그 아이 | 송기한
35 코리아 블루 | 서종택
36 천사를 만나는 비밀 | 김혜영
37 당신이 있어 따뜻했던 날들 | 최명숙
38 무화과가 익는 밤 | 박금아
39 중심의 아픔 | 오세영
40 트렌드를 읽으면 세상이 보인다 | 송명희
41 내 모든 아픈 이웃들 | 정세훈
42 바람개비는 즐겁다 | 정정호
43 먼 곳에서부터 | 김현경 외
44 생의 위안 | 김영현
45 바닥 – 교도소 이야기 | 손옥자
46 곡선은 직선보다 아름답다 | 오세영
47 틈이 있기에 숨결이 나부낀다 | 박설희
48 시는 기도다 | 임동확
49 이허와 저저의 밤 | 박기눙
50 지나간 것은 모두 아름답다 | 유민영
51 세상살이와 소설쓰기 | 이동하
52 내 사랑 프라이드 | 서 숙
53 수선화 꽃망울이 벌어졌네 | 권영민
54 점등인이 켜는 별 | 이정화